Grazia Deledda

Racconti sardi

Texte et illustration de couverture : © domaine public
Edition : Culturea (Hérault, 34)
Contact : infos@culturea.fr
Retrouvez notre catalogue sur http://culturea.fr
Imprimé en Allemagne par Books on Demand
Design typographique : Derek Murphy
Layout : Reedsy (https://reedsy.com/)

Dépôt légal : janvier 2023

ISBN : 9791041843664

DI NOTTE

Potevano essere le undici quando la piccola Gabina si svegliò nel gran letto di legno della stanza di sopra, ove dormiva sempre con la sua mamma che le voleva tanto bene.

Ma quella notte la mamma non le stava allato. Perché dunque non c'era? Per quanto Gabina stendesse le sue manine da tutte le parti del gran letto di legno non poteva trovare la sua mamma. Solo le lenzuola fredde come il vento, solo i guanciali di percalle rosso; null'altro!

Dove era dunque la mamma? Gabina si coricava e si levava sempre insieme a lei; mai s'era trovata sola in letto, così, nel gran letto freddo, nell'oscurità della notte spaventosa.

Quello era dunque un grande avvenimento per la piccina.

- Mamma... mamma... - chiamò con un fil di voce.

Ma nessuno rispose. Fuori urlava il rovaio e la pioggia si sbatteva fragorosamente contro i vetri della piccola finestra.

Senza di ciò Gabina si sarebbe forse riaddormentata, ma con quegli urli infernali, nella fonda oscurità della cameretta solitaria, le era assolutamente impossibile nonché riprender sonno, calmarsi.

Temeva tutti i fantasmi immaginabili: la morte, i vampiri, il padre dei venti, le fate nere e l'orco, tutti... tutti...

- Mamma... mamma?... - ripeté a voce alta mettendosi a sedere sul letto. - Mamma, mamma?...

Rimase così quasi un quarto d'ora, alzando sempre più la voce, abituandosi al buio e al fragore del vento.

E siccome la madre non rispondeva mai, Gabina pensò di vestirsi e scendere in cucina per cercarla. Veramente era la mamma a vestirla ogni mattina perché a lei, così piccola, non riusciva ancora infilarsi il giubboncello nero dalle maniche strette; ma poco importava... purché ritrovasse la gonnellina bastava. La lasciava sempre nella sedia ai piè del letto: dunque bisognava scendere per ritrovarla.

Scendere?... Scendere all'oscuro, a piedi nudi, con quella notte, scendere da letto, sola?... Ci voleva proprio un gran coraggio, e Gabina, che tremava forte di freddo e di paura, esitò a lungo. Ma rimanere a letto senza la mamma non le conveniva! Il vento urlava ognor più fragoroso; fra poco sarebbe penetrato nella camera e avrebbe divorato la testa a Gabina... Dunque giù!

Scese e mandò un urlo. Il suo piedino aveva incontrato qualcosa di duro, di freddo, di deforme che certo non era il suolo di tavole levigate dal tempo...

Un rospo, un vampiro forse?

- Mamma mia... mamma mia!... - gridò la piccina a squarciagola, cercando invano risalire sul letto; ma alla fine, visto che il vampiro non si muoveva e che la mamma continuava a non rispondere, si chinò e s'assicurò che quella era una scarpa vecchia uscita per caso da sotto il letto.

Un sorriso le sfiorò le labbra e quella prima avventura le infuse molto coraggio, sicché, risoluta di non temer più nulla pei piedini, si avanzò appoggiandosi alla sponda del letto. Ma laggiù, non trovò punto la sedia con le sue vesti; cominciò a stizzirsi e a imprecare; perché dovete sapere che non era un modello di educazione, e nominava con disinvoltura tutti i diavoli dell'inferno, come li udiva dal nonno, e dagli zii e un po' anche dalla mamma.

Dove diavolo dunque stavano le sue vesti? Se le aveva prese il demonio? Alla galera la notte e chi l'aveva inventata!...

Ma le scordò un momento e ricominciò a tremare così forte che i dentini pareva volessero spazzarsele.

In un intervallo silenzioso del vento e della pioggia aveva sentito strani rumori salire dalla cucina e voci umane più tetre e spaventose dei gridi della procella.

Che avveniva in cucina? Dio mio, Dio mio, e la mamma sua? C'erano forse i ladri o i diavoli? E il nonno e gli zii mancavano da tre giorni e non c'era nessuno che potesse difendere la mamma, la povera mamma sua!... La curiosità si unì alla paura, e Gabina si rimise a cercare le sue gonnelline, urtando nelle sedie, su tutti i poveri mobili della camera oscura. Riuscì finalmente a trovarle e le indossò a stento, ma quando tutto pareva fatto un altro ostacolo si interpose al disegno della piccina.

La porta che dava sulla scala era chiusa a chiave dal di fuori, per quanti sforzi facesse non poté aprirla, e il silenzio orrendo della mamma continuò quando si rimise a chiamarla, scuotendo la porta con fracasso.

Ritornò verso il letto, disperata, e nascosto il volto fra le coltri in disordine si mise a piangere, ma a un tratto si ricordò che nella stanza attigua v'era un poggiolo di pietre, d'onde, per una scaletta esterna si scendeva al cortile, e sotto cui si apriva appunto la vecchia porta della cucina.

La pioggia e il vento continuavano, ma Gabina era decisa a tutto: entrò nella camera vicina, aprì il poggiuolo e scese, sfidando l'acqua che veniva giù furiosa dal cielo basso di piombo, e il rovaio gelato che imperversava nella notte.

Tremava come una foglia, ma aveva completamente scordato i fantasmi e i vampiri. Un'angoscia indicibile le stringeva il cuoricino e un presentimento orribile, superiore alla sua età, le diceva che giù in cucina doveva accadere qualche cosa. Oh, quelle voci che aveva sentito!...

In un attimo fu sotto la scala, al coperto della pioggia, davanti alla porta della cucina. Anche questa era chiusa, ma Gabina non picchiò per farsela aprire, benché vedesse il bagliore del fuoco acceso nel focolare, attraverso la grande fenditura che rigava dall'alto in basso la porta.

Si accoccolò per terra e applicò l'occhio sulla fenditura.

Non temeva più, ma non voleva punto entrare in cucina perché la mamma l'avrebbe certamente picchiata.

Il nonno e gli zii - tre uomini alti, robusti, bruni, il cui costume consunto e sporco rivelava una misera esistenza di lavoro continuo e faticoso, i cui occhi cupi e profondi narravano la triste storia di anime ignoranti non avvilite dalla povertà, ma turbinate da passioni tetre, ardenti e dolorose - erano tornati e stavano seduti intorno al focolare.

La mamma di Gabina, Simona, giovane, bella, di quella strana bellezza araba che si incontra in molte donne sarde, e che ricorda i saraceni dominatori e devastatori dell'isola nel IX e X secolo, rimaneva un po' nell'ombra, seduta per terra, le mani incrociate sulle ginocchia, scalza e in maniche di camicia, larghe maniche all'orientale, strette sui polsi e increspate negli omeri eleganti.

Mai Gabina aveva visto sua madre così pallida e cupa, sua madre che pure era sempre smorta e triste in viso, mai aveva visto i suoi occhi neri brillare stranamente così.

Sotto il fazzoletto nero calato sulla fronte il volto di Simona assumeva tinte cadaveriche, i lineamenti finissimi e immobili stirati da una tetra e spaventosa serietà, gli occhi illuminati da un riflesso di odio e di angoscia.

Ma chi più attrasse l'attenzione di Gabina, e la costrinse a rimanersene fuori, fu la vista di un estraneo, seduto anch'esso vicino al focolare, legato solidamente con una corda di pelo alla vecchia sedia che ornava da sola la cucina, una sedia grossolana che restava sempre in un angolo, non toccata da nessuno, ma spesso guardata cupamente da Simona.

Gabina non aveva mai, prima d'allora veduto il volto dell'estraneo che pure indossava il costume del villaggio, e l'andava esaminando curiosamente, chiedendosi chi fosse e perché fosse lì, legato, nel folto della notte.

Era un bell'uomo sulla quarantina, i capelli di un biondo rossastro ondeggianti sull'ampia fronte abbronzata, gli occhi grigi acutissimi, e con una magnifica barba rossa cadente sul petto. Un'atroce espressione di spasimo gli sconvolgeva tutto il volto e sulla fronte gli brillavano, al riflesso del fuoco, grosse goccie di sudore, ma non era pallido come gli altri e specialmente come Simona.

Gabina certamente non percepì tutti questi particolari, ma comprese benissimo che là dentro - nella cucina nera illuminata dal fuoco e da una specie di lampada a quattro becchi, di latta annerita dal fumo del lucignolo, posta sul forno e che andava spegnendo - accadeva qualche cosa di misterioso, di straordinario; e incapace di darsi una qual siasi spiegazione, rimaneva muta, immobile dietro la porta, la fronte incastonata sulla fenditura, gli occhioni grigi, - che rassomigliavano assai a quelli dell'uomo legato alla sedia, - spalancati e avidi.

La piccina tremava di nuovo - svanita la curiosità, la paura angosciosa di prima le gravava nuovamente sul cuore - e si domandava se tutto non fosse un brutto sogno.

Gelidi soffi di vento le percuotevano le spalle mal coperte; i suoi piedini, le sue mani, tutta la sua personcina oramai erano coperte di neve, e l'acqua che invadeva il cortile saliva, saliva, ingrossata sempre più dalla pioggia furiosa. Ben presto l'avrebbe costretta a fuggire od a farsi aprire la porta, ma lei non se ne accorgeva. Provava tanto freddo che sentiva una pazza voglia di piangere, eppure non si muoveva... Un nodo le serrava la gola, e più d'una volta dei singhiozzi aridi, spasmodici, le contorcevano le labbra rese livide dal freddo e dallo spavento.

Perché ciò che vedeva, ciò che sentiva, era una scena così terribile che avrebbe atterrito qualunque uomo, nonché lei, debole animuccia di appena nove anni...

- Elias, Elias! - esclamava il padre di Simona. - È inutile che tu urli chiedendo aiuto. Nessuno verrà, e la procella nasconde il tuo grido. Nessuno verrà! Tu devi morire lì, legato alla sedia ove ti assidevi ogni notte, dieci anni fa, ti ricordi, miserabile? Ogni notte... in qualità di fidanzato leale ed onesto!... Con la sedia che abbiamo gelosamente conservato per dieci anni... che ti aspettava... che getteremo sul fuoco intrisa del tuo sangue vigliacco...

- Difenditi! - diceva cupamente Simona. - Se non ci dai una sola scusa, almeno una, del tuo vile procedere, la tua morte sarà orribile! Difenditi! Scusati, e con una fucilata tutto sarà finito. Se no, guai a te!...

- E sei tu che parli così?... - rispose Elias. - Tu donna, tu che mi dimostravi la bontà in persona? Tu?

- T'odio! Tu mi hai disonorato; tu ch'eri il mio fidanzato, la vita mia, mi hai tradita, mi hai perduta! Il dolore ha ucciso in me ogni sentimento umano: t'odio, e da dieci anni non sogno che la vendetta. E che cosa è, vigliacco, l'angoscia che tu provi stanotte in confronto di ciò che ho sofferto io? È odio, e son io che ho spronato i miei alla vendetta...

- Uccidetemi dunque!... - mormorò Elias. - Ma pensate che v'ha una coscienza... un Dio...

- Ci aggiusteremo noi con la nostra coscienza e con Dio! - esclamò Tanu, uno dei fratelli, con un sorriso crudele e feroce che lasciò vedere due fila di denti bianchissimi, forti, da belva, scintillanti al riflesso del fuoco.

- La coscienza e Dio!... - saltò su Simona come una vipera. - Ne hai tu avuto coscienza, hai pensato a Dio tu?...

Elia chinò il capo.

- In nome di nostra figlia... - disse.

- Dunque sai che ho una figlia?...

- Sì, lo so. Se vuoi io la legittimo. La piglierò meco e un giorno sarà ricca, perché io lo son diventato e con l'altra non ho figli...

- Come parli! - gridò Pietro, l'altro fratello. - Non hai dunque ancora compreso che non uscirai di qui né vivo né morto?... -. E accarezzò lungamente la canna del fucile, che teneva sulle ginocchia, dicendo con crudele lentezza: - Ti massacrerò io, io che ero il tuo amico, io che ti ho introdotto nella nostra casa dove lasciasti la sventura e il disonore. Ti ucciderò io e ti porrò io sotto terra, tristo serpente miserabile! Ah, con chi ti credevi tu? Con chi ti credevi? La nostra famiglia ha vendicato sempre le offese ricevute, e noi, stanotte, noi che ti abbiamo cercato per dieci anni in tutti i villaggi di Barbagia, pei monti nevosi e per le gole dirupate, noi laveremo col tuo sangue la macchia impressa al nostro nome.

- Simona, Simona!... - mormorò il prigioniero volgendole, spaventato, uno sguardo supplichevole. - Nostra figlia...

- Taci, non nominarla! È il fiore nato dalla colpa, ma è pura come le nevi del Gennargentu! Tu la profani nominandola perché sei vile, perché sei infame! Tu le sei nulla... Suo padre è Dio!...

- Tu non le vuoi bene, Simona! Se l'ami lasciami vivere!...

Un lampo brillò negli occhi foschi della donna.

- Io adoro mia figlia e vivo solo per lei. Se essa sparisse dalla mia esistenza tutto crollerebbe intorno a me e sarei la più sfortunata fra le donne. Se l'amo! La mia figlia! La povera figliolina mia! È tutto il mio amore, la mia felicità! Ma ti ripeto di non più nominarla. Il suo ricordo, nonché muovermi ad una pietà, impossibile in me dopo tutto ciò che è accaduto, accresce il mio odio, la mia sete di vendetta. E non vedo mai l'ora di saperti sotto terra affinché, quando essa mi chiede di suo padre, io possa dirle, senza più arrossire: «È morto!...».

- Dunque è deciso! - gridò Elias. - Uccidetemi dunque! Vedete che son pronto! Saprò morire perché non sono vile, come voi credete, perché se errai non fu mia colpa, ma del caso e per volontà di Dio! Uccidetemi!...

- Uccidetemi!... - ripeté fuori il lugubre fischio del vento.

I cinque personaggi di questa tetra tragedia rusticana tacquero un momento. Una calma terribile segnava nei loro volti e il fuoco continuava a illuminare la scena con tinte sanguigne, e funebri chiaroscuri; una scena degna del fosco Caravaggio.

- Racconta dunque perché mi hai tradito, senza scusa alcuna, dopo due anni di fervido amore! - disse alla fine Simona, sempre fissa nella sua idea. - Se ti ricordi dovevamo sposarci subito perché io ero madre. Tu partisti con un cavallo carico di castagne, di formaggio e di arnesi di legno che avresti venduto a Nuoro per comprarmi l'anello di sposa e i gioielli... Dovevi ritornare fra quattro o cinque giorni e mi lasciasti quasi piangendo... Son trascorsi dieci anni, dieci anni di angoscia, di lacrime e d'odio, ma mi pare ieri... E non tornasti; e un mese dopo ti seppi sposo a una fanciulla di Fonni!... Racconta! Se hai una scusa, ti ripeto, ti uccideremo con una sola fucilata, altrimenti, come è vero Cristo, come è vero che sei lì, legato, ti abbrucieremo vivo!...

L'accento di Simona era così duro che un brivido d'orrore corse per tutto il corpo di Elias. Tuttavia, dissimulando, rispose freddamente: - Non temo né il fuoco, né la palla; pure vi dirò come è accaduto. Non fu mia colpa, vi dico, ma volontà di Dio!... Sentite!... -. E cominciò:

- Sì, son dieci anni e pare ieri! Io partii pensando a te e disegnando la nostra vita avvenire... ma Dio volle altrimenti! Ero due ore distante da Fonni, ove contavo di passare la notte, per proseguire l'indomani il viaggio verso Nuoro, allorché cominciò a nevicare. Non ne feci caso, abituato com'ero a tutte le intemperie del tempo, e proseguii per il sentiero dirupato, attraverso le gole dei monti, camminando a piedi davanti al mio cavallino tanto carico. E cammina, cammina. Il vento mi batteva la neve sul volto, appiccicandola alle mie vesti, alle mie mani, persino alle ciglia e alle labbra. In breve il mio pastrano ne fu tutto coperto, e le bisacce delle castagne e la groppa del cavallo, tutto, tutto quanto...

Il sentiero sparve sotto la neve, ma io, che mi credevo pratico dei luoghi, proseguii senza turbarmi, in linea retta, gli occhi fissi sull'orizzonte dove di tanto in tanto credevo scorgere il profilo di Fonni. Il vento urlava pazzo per le montagne e la notte piombava, ma la neve cadeva sempre... Cadeva sempre, ammucchiandosi sui miei passi, e nessuna anima viva interrompeva la solitudine selvaggia dei monti. Solo noi, io che cominciavo a perdermi d'animo, bagnato fino alle ossa, cominciando a credere d'essermi smarrito, giacché Fonni non compariva più sul mio cammino, e il povero cavallo che tremava tutto e non poteva più andare innanzi. La neve ingrossava; per ogni passo occorreva un quarto d'ora, e le tenebre si facevano ognora più folte. Mi pentivo di non essermi fermato in un ovile incontrato mezz'ora prima che la neve cominciava e dove il pastore m'aveva invitato a passare la notte, pronosticandomi la vicina bufera e ad un tratto, disperato del tutto, pensai di dar volta e ritornarmene là. Decisi di salire anzi a cavallo, perché m'era impossibile proseguire a piedi, ma siccome l'animale era estenuato più di me, così gravemente carico come si trovava, lo scaricai di tutta quella roba che, mal come potei, misi al sicuro sotto un albero, sperando di ritrovarla l'indomani, lo montai e via!

«Avanti! - dicevo amorevolmente al mio povero cavallino. - Stanotte ci riposiamo laggiù e domani sorgerà un bel sole che ci permetterà di ritornare qui. Ripiglieremo la nostra mercanzia e andremo a Fonni. Là giunti non c'è più che temere! Avanti, avanti!...».

Per un po' il cavallo parve partecipasse alle mie idee e camminò, ma a un punto rallentò il passo e finì col fermarsi. Invano lo aizzai, lo carezzai, lo percossi; non si mosse più, ed io dovetti smontare e ripigliare il cammino a piedi, trascinando dietro, la povera bestia.

Oh, che notte orrenda! Il vento era cessato, ma la notte regnava folta e desolata sulle montagne e la neve cadeva, cadeva sempre. Una lieve luce bianca tramandata dal manto che copriva le rupi mi permetteva di non cadere in qualche precipizio, ma a poco a poco i miei occhi si velavano, le gambe mi si intorpidivano sotto le ghette bagnate e tutto il mio corpo diventava freddo e inerte come la neve su cui mi trascinavo barcollando. Una volta, io e il cavallo, cademmo in un fosso; io mi rialzai a stento ma il cavallo non si mosse più ed io non pensai punto ad aiutarlo.

Ripresi la via: ero interamente coperto di neve: grosse lagrime mi cadevano dagli occhi e finivano confondendosi con la neve che mi imbiancava la barba: le mani mi pendevano inerte e gelate sotto il pastrano freddo e pesante, e i piedi andavano, andavano, automaticamente, a caso, barcollando. E non un lume appariva nella notte, non una voce umana risuonava per l'orribile solitudine della montagna.

A manca e a destra i picchi bianchi s'innalzavano perdendosi nel cielo color di cenere; dietro non scorgevo nulla attraverso la nebbia che scendeva lentamente dall'orizzonte e che presto mi avrebbe attorniato; davanti la china si stendeva sotto i miei piedi, piena di burroni e di precipizi. Non era certo questa la strada percorsa qualche ora prima, no, e l'ovile non poteva comparire innanzi a me perché m'ero smarrito! Oh, perché non avevo proseguito verso Fonni? Forse non era poi tanto lontano dal sito dove avevo lasciato le bisaccie... forse... forse...

Le forze mi venivano meno; dopo mezz'ora di faticoso e inutile cammino la nebbia mi raggiunse, acre, densa, nera, mi circondò, e proseguì la discesa, togliendomi l'ultimo barlume di luce. Ancora un passo e sarei caduto forse in qualche abisso: d'altronde m'era impossibile continuare perché ora la neve mi giungeva al ginocchio e una volta affondati i piedi mi riusciva a stento trattenerli...

Ero bagnato fino alle ossa; non vedevo più, e come gli occhi così mi si velò la mente! Caddi sulla neve e raccomandai la mia anima a Dio, pensando un'ultima volta a Simona!...

Elias tacque un momento, quasi ancora oppresso dal ricordo di quella triste notte, forse confrontandola con la notte, più triste ancora, che trascorreva.

- Prosegui! - disse Simona. Il suo accento non era più feroce, i suoi occhi stavano fissi al suolo e tutta l'espressione truce del suo volto andava sfumando insensibilmente. Elias se ne accorse e sussultò di speranza, poi riprese:

- Quando rinvenni era giorno alto. Mi trovai steso in un letto caldo, in fondo a una cucina grandissima, nel cui centro, nel focolare di pietra, ardeva un enorme fuoco il cui tepore giungeva sino a me. Dalla quantità delle stoviglie e delle masserizie che arredavano la cucina arguii di trovarmi in casa di gente benestante; una ragazza preparava il pranzo accanto al focolare e al suo costume la riconobbi per fonnese. Dunque ero a Fonni!... Chi mi ci avea trasportato? Chi mi aveva salvato?... Che differenza fra il mio stato di dieci ore prima e il presente! Fra il letto di neve, sotto il cielo nero e la nebbia, con la morte allato e il letto caldo in cui mi svegliavo, e la bella ragazza che mi stava vicino, forse spiando il mio ritorno alla vita!...

Sì, proprio una bella ragazza! Quando, accortasi di me, mi si accostò, la guardai meravigliato, chiedendomi se non era una visione. Non avevo mai visto una bellezza simile; solo la nostra Madonna del Latte dolce, nei giorni di festa.

Così gli occhi grandi e neri, così i capelli, così la pelle color di rosa, la bocca piccola, il naso profilato, il collo lungo bianchissimo, la persona tutta, infine, tutta...

Aveva una gonna sola, stretta, che le disegnava le anche ben fatte, e lasciava vedere i piccoli piedi calzati da scarpette piene di fiocchi, un corsetto nero di albagio, e il piccolo busto slacciato sulla camicia bianchissima, sotto le cui pieghe si modellava il seno nascente, perché la fanciulla poteva avere al più diciotto anni.

Se faccio tutti questi particolari - proseguì Elias mentre gli occhi di Simona riprendevano il cupo lampeggiamento di prima, indovinando nella bella fanciulla fonnese la donna che le aveva rapita l'intera felicità della sua vita - è per spiegare in qualche modo la causa primiera del mio traviamento.

Io dunque la guardavo incantato, e mentre essa mi accomodava le coperte sulle spalle un brivido mi passò per tutta la persona. Ahimè, lo confesso, in quel momento avevo scordato la bufera della notte, il mio cavallo morto fra la neve, le castagne perdute, la causa per cui mi trovavo in quel letto...

«Come stai?... - mi chiese la fanciulla tastandomi il polso. - Son già cinque ore che tu vaneggi!... Come ti chiami?»

«E tu?...» domandai io con voce rauca. «Dove sono?...».

«In casa mia! Mi chiamo Cosema P... Stanotte il mio servo che passava per la montagna ti trovò, quasi morto, sulla neve. Ti prese sul suo cavallo e ti portò qui. Sei a Fonni sai! Dopo molte cure, rinvenisti verso le cinque di questa mattina, ma subito ti assalì la febbre e il delirio, sicché non potei sapere chi tu fossi. Al tuo vestire credo che tu sii del villaggio di A..., ma non so chi tu sei!...».

Le raccontai la mia storia, non tacendole il motivo del mio viaggio e le mie prossime nozze con Simona.

«Devi esser ben povero se, per comprare gli anelli, ti vedesti costretto a intraprendere un viaggio così!...» mi disse Cosema fissandomi coi suoi grandi occhi neri lucenti.

«No, - risposi, - non sono tanto povero! Ho un chiusetto piantato a castagni che mi rende venti scudi ogni inverno, ed ho buone mani per lavorare! Ma è necessario che vada a Nuoro di tanto in tanto per vendere i miei prodotti. Ho anche il carro e i buoi, e il cavallo e la casa... non sono povero, no. E anche Simona mi porterà qualche cosa...».

Parlammo così lung'ora, con la massima confidenza, quasi ci fossimo conosciuti da molto; e Cosema, a sua volta, mi disse che era orfana e ricca. Amministrava da sé, essendo pochi mesi prima morto il suo tutore, e aveva una serva e due servi, uno contadino e l'altro, quello che mi aveva salvato, pastore.

Possedeva la casa, un orto grandissimo, una tanca e molto bestiame.

Quando mi volli levare, me lo impedì, dicendomi ch'ero malato e che il medico, chiamato la notte al mio letto, aveva ordinato di non lasciarmi non solo ripartire, ma neppure levare. E restai! Peppa, la serva, sopraggiunta, mi diede una scodella di brodo e mi ripeté tutto ciò che la padrona mi aveva detto, compreso l'ordine del medico.

Infatti il freddo e la febbre non tardarono a ricomparire; una febbre gagliarda che mi faceva ballare nel letto, che sconvolgeva tutto a me intorno, in un vortice pazzo e vertiginoso. Rimasi così, tra la vita e la morte, per una settimana. Nei lucidi intervalli pregavo Cosema di mandare a dire a Simona il mio stato per rassicurarla sulla mia tardanza, e la ragazza mi diceva sempre di sì, scongiurandomi a star tranquillo. In quelle ore di sofferenza e di spasimo pensavo sempre a Simona, ma i miei occhi, il mio pensiero sconvolto dalla febbre vedevano Cosema, Cosema bella che andava di qua e di là per la cucina, in punta di piedi per non disturbarmi, che si chinava sovente sul mio letto, posandomi sulla fronte la mano bianca e fresca, che vegliava intere notti al mio capezzale, magnetizzandomi coi suoi occhi di bambina innocente e per ciò più pericolosa.

Tutte quelle cure, quelle attenzioni che mi dava, senza quasi conoscermi, mentre destavano in me la più profonda delle riconoscenze, mi facevano pensare con dispetto alla strana indifferenza di Simona, la mia fidanzata che non dava segno di vita mentre io morivo lontano dal mio paese, morivo per causa sua e pensando a lei! È vero che anche gli altri miei parenti non si facevano vivi... ma io non badavo a loro, non pensavo a loro...

Dopo una settimana cominciavo a sentirmi meglio e il medico mi disse che fra otto o nove giorni sarei stato in grado di ritornarmene al mio villaggio. Pensavo con dolore al cattivo esito del viaggio e al ritardo delle nostre nozze; il cavallo e le castagne non s'erano potute rinvenire, benché Cosema avesse mandato il servo per la montagna. Una notte procellosa come quella in cui m'ero smarrito, allorché sentii la porta della cucina aprirsi leggermente ed entrare una persona che sulle prime non distinsi bene.

Poteva essere mezzanotte. Il vento romoreggiava sopra il letto e copriva ogni altro romore umano. Nel focolare il fuoco coperto di cenere mandava di tratto in tratto una fiammata azzurrognola che illuminava debolmente la cucina. A quel chiarore incerto credetti riconoscere Peppa nella persona entrata e pensai che venisse ad assicurarsi se stavo bene e se dormivo. Finsi di dormire, ma con gli occhi semichiusi.

La ragazza si avvicinò in punta di piedi al mio letto e si fermò, guardandomi a lungo, con gli occhi sfavillanti nella oscurità. Un tremito mi invase tutto, mio malgrado...

Non era Peppa quella, no, era Cosema...

Che mai voleva? Perché mi guardava così? Perché tremavo tutto sotto il suo sguardo?

A un tratto si chinò su di me e mi baciò!...

Le sue labbra ardevano come bragie ed io sussultai quasi m'avesse toccato un ferro rovente. Credendo d'avermi svegliato Cosema diede un passo indietro e andò leggermente a sedersi accanto al focolare. Ma io non mi mossi e continuai a fingermi dormito. Rassicurata, Cosema, rimuginò il fuoco e chinò il capo sulle braccia conserte sui ginocchi. Mi sembrò che piangesse... Non saprei dirvi ciò che intanto accadeva entro di me, ma certo avevo dimenticato il cavallo, le castagne e le nozze. Il bacio di Cosema mi ardeva il volto e mille confusi pensieri passavano nel mio cervello.

Era un sogno dunque? Che significava ciò? Che Cosema si fosse innamorata di me, così, in pochi giorni, lei così bella, così giovine e ricca? Di me estraneo, sconosciuto, ch'ella sapeva promesso ad un'altra donna?...

Non potevo credere ai miei sensi, ma intanto vedevo la bella fanciulla là, nella penombra, piangere silenziosamente, e la mente mi si sconvolgeva, e il sangue mi ardeva instintivamente. Mio Dio, mio Dio, che tentazione! Se Cosema mi avesse ribaciato, m'avrebbe perduto, non ostante tutti i miei propositi.

Però essa si ritirò senza neppure guardarmi.

L'indomani la vidi pallida e con gli occhi rossi, ma non le dissi nulla. Solo, in un momento in cui non c'era mi vestii e mi assisi accanto al fuoco e quando essa entrò le dissi che volevo partire.

«Hai ragione - rispose essa con freddezza. - Ti abbiamo molto mal trattato, e certo non vedi l'ora di andartene».

«Dio ne guardi! - gridai io. - Anzi avete fatto tutto ciò che io non meritavo! Mi avete salvata la vita ed io me ne ricorderò sempre. Voglio andarmene per togliervi il disturbo. Ah, Cosema, cosa hai tu detto! Ma mi prendi per un animale? Io non so cosa fare per sdebitarmi di tutto ciò che ti devo. Parla; chiedimi ciò che tu vuoi e farò tutto per te...».

Non avevo ancora ben pronunziate queste parole che già me ne pentivo, perché vidi gli occhi di Cosema brillare di gioia. Ah, se mi avesse chiesto l'impossibile... di amarla...

«Allora rimani finché sarai ben guarito!» rispose ella. Rimasi. Tanto più che mi sentivo incapace di intraprendere il viaggio, così debole, e col tempo pessimo che regnava. Ma non mi sentivo tranquillo e un presentimento mi diceva che avrei finito col cedere alla misteriosa seduzione di Cosema. Lottavo con tutte le forze, ma l'immagine della bella ragazza, per lo più reale, s'imponeva al mio pensiero e il ricordo del suo bacio mi faceva tremare più della febbre.

Invano pensavo intensamente a Simona, al suo stato, alle mie sacre promesse: quando più forte era la mia decisione, ecco Cosema lì, davanti a me, affascinante, bella, che mi incantava col suo sorriso, col suo sguardo fisso nel mio, col quale mi diceva tante cose che non osava esprimermi a voce. Signor Iddio! Che spasimi, che tentazioni, che guerra! Piangevo come un bambino, e più di una volta, nella notte fonda, mentre imperversava la procella, fui per fuggire da quell'inferno dicendomi ch'era meglio morire fra i monti, che vivere così. Perché mi avevano salvato? Perché?...

Il dolore interno accresceva il mio male; avevo la febbre nel sangue e nel cervello e mi pareva di odiare Cosema a cui dovevo tanto; Cosema che ogni notte veniva a darmi il solito bacio, all'oscuro. Così non poteva durare. Finii col credere che tutto fosse un sogno, un'opera del demonio, e fisso in quest'idea decisi di accertamene. Non l'avessi mai fatto!...

Una notte, mentre Cosema mi baciava, le afferrai le mani e spalancando gli occhi la fissai alla luce incerta del fuoco. Ella non disse nulla, ma tremò tutta e aspettò che parlassi.

«Cosema... che vuol dire ciò?...» chiesi severamente.

Essa si lasciò cadere in ginocchio e nascondendo il volto fra le mani mormorò: «Perdonami!... T'amo da morirne!...».

Anch'io cominciai a tremare; pure, facendo il forte, esclamai:

«Che hai tu detto? Ma non sai che sono ammogliato?...».

«Non è vero!... So tutto... So che sei fidanzato e so lo stato in cui si trova Simona... Però so anche che tutto il villaggio dice che tu non sei il solo padre di...».

«Cosema! - gridai fuori di me. - Non calunniare nessuno! Dimmi che m'ami, che mi vuoi... ma non calunniare...».

«Dico ciò che ho inteso. Ma non gridare così! Peppa potrebbe svegliarsi e accorgersi di tutto... Non perdermi perché t'amo!...».

Era così supplichevole che, abbassando la voce, le chiesi fremendo la spiegazione delle sue orribili parole. E lei mi raccontò mille storie che non ricordo bene, che non sentivo bene, ma dalle quali emergeva chiara per me una sola cosa. Che io ero mistificato in una guisa infame e che Simona non m'amava, ma lo fingeva per coprirsi di una colpa di cui non io solo era il complice... Oh, che orrore, che orrore!

- Che miserabile!... - esclamò Simona, interrompendo il racconto di Elias, livida in volto, agitando le braccia. Ma Tanu, il fratello, che la pensava diversamente, ascoltando Elias con un sorriso acre d'incredulità, sicuro che tutto il racconto era una fiaba, la calmò a stento, e disse beffardo:

- Prosegui e sii più breve...

- Sarò breve. Cosema mi promise delle prove, poi, tutto ad un tratto, si mise a piangere disperatamente, singhiozzando.

«Ebbene, - chiesi io sorpreso, - e ora perché piangi?...».

In realtà, non potevo trattenermi neppur io, e un nodo mi serrava la gola. Credevo e non credevo a ciò che Cosema m'aveva detto e mentre sentivo una pazza voglia di schiaffeggiarla, avrei voluto baciarla dicendole: «T'amo e disprezzo Simona!...».

«Perdonami... perdonami... - ripeteva essa con la voce rotta dal pianto. - So che non puoi amarmi, che ami quella... Perdonami se non ho potuto resistere... ma ti amo tanto... ma sento morirmi... ma se tu non avrai pietà di me accadrà qualcosa di fatale...».

«Cosema, Cosema. - le dicevo io, - come puoi tu amarmi? Io sono povero, e i tuoi parenti, anche se io t'amassi, non acconsentirebbero».

«Io non ho parenti! Son padrona di me e farò ciò che mi piacerà. Ma tu non puoi, non vuoi amarmi, tu ami quella... - e accentava con disprezzo la parola quella - tu mi lascierai morire...».

«Oh, Elias, se tu sapessi come soffro! Ti ho amato dal primo vederti e subito mi accorsi che la tua entrata in casa mia doveva portarmi la morte! Ma io non ti chiedo nulla, nulla. Se vuoi andartene vattene, ma ricordati di me... Fa conto di non aver inteso nulla dalle mie labbra e sposa Simona, ma quando sarai infelice rammentati che io sono più infelice di te...».

Così Cosema parlò lung'ora, sempre china su me, bruciandomi il volto col suo alito ardente, bagnandomi le mani con le sue lagrime. Non sapevo in qual mondo mi fossi e mi morsicavo le labbra, rattenendo a stento il pianto e le bestemmie che in pari tempo mi salivano dal cuore che mi saltava in bocca.

Il fuoco si spense e rimanemmo all'oscuro.

«Addio, addio!... - disse Cosema. - Ora me ne vado. Domani partirai e non ci vedremo più. Ricordati di me, Elias, ricordati. Addio, addio... Vattene pure; io non ti chiedo nulla!...».

Non mi chiedeva nulla, ma intanto mi copriva il volto di baci e di lagrime; lagrime che parevano goccie di piombo liquido; baci lunghi, pazzi, che mi bruciavano le labbra, gli occhi, le guancie, che finirono col togliermi la ragione rimastami.

«Cosema, - dissi con voce rauca, stringendole la testa fra le mani e ricambiandole i suoi baci, - t'amo e rimarrò!...».

- Due giorni dopo, - conchiuse Elias, - un prete venne in casa di Cosema e ci sposò, segretamente. Io avevo sempre la febbre e operavo automaticamente, senza quasi avvedermi di nulla.

Lo stesso giorno si fecero le pubblicazioni e tre settimane dopo davanti alla legge ero per sempre legato a Cosema. Sicché, quando passati i primi ardori, ritornai in me, e mi avvidi del mal fatto, e mi convinsi che le voci correnti sul conto di Simona erano vere calunnie, era troppo tardi!

- E chi ci assicura che tutta questa storia non sia una fiaba?... - esclamò Tanu con voce terribile.

Elias chinò il capo e nei suoi occhi morì la speranza. Dal volto dei suoi giustizieri, niente commossi dalle sue parole, egli vedeva la sua condanna, e provava il sovrumano strazio del condannato a morte nel fior degli anni, ma non voleva dimostrarlo per non parer vile.

- È vero! - disse. - Nessuno può difendermi...

Rivolse uno sguardo a Simona, ma gli occhi della giovine erano lontani dai suoi, e d'altronde? Anche volendolo essa non avrebbe potuto salvarlo.

- Tu morrai! - sentenziò cupamente il padre.

Si fece un lungo silenzio. La sorte di Elias era decisa; egli non doveva uscire da quella casa fatale dove dieci anni prima aveva passato tante ore felici. La storia di Cosema non aveva punto alterato i cruenti propositi della famiglia da lui disonorata, e il fucile brillava sempre nelle mani di Pietro, che si considerava la causa primiera della sventura di sua sorella.

E poi ora era una questione di vita o di morte. Perdonando Elias essi si perdevano perché egli si sarebbe certamente vendicato di quella terribile notte, vendicato a dovere, possente e ricco come egli era. Dunque doveva morire.

Nessun fremito di paura o di esitazione passava in quei cuori induriti da una vita aspra e stentata, che avevano per religione la vendetta, l'odio per Dio.

Una notte essi avevano giurato, intorno a quello stesso focolare, su quel medesimo fuoco che mai non si spegneva, di lavare col sangue l'offesa ricevuta, e, attesa per mesi ed anni, finalmente giungeva l'ora sognata.

E si accingevano a uccidere un uomo con un raccoglimento quasi religioso, sicuri di fare un dovere, convinti di mancarvi se perdonavano, a fronte alta, davanti a quel Dio di cui ignoravano le massime, che supponevano crudele al pari di loro...

- Vattene!... - disse Pietro a Simona.

- No, rimango sino all'ultimo!... - rispose la giovine con voce ferma che fece trasalire vivamente Elias.

Pietro alzò il fucile...

Il vento, la pioggia, i tuoni scrosciavano fuori con indicibile fragore; parevano urli umani e rovinare di montagne; la giusta ira di Dio per il delitto che consumavasi in quella casa nera e desolata, abitata da demoni in vesta d'uomini.

Pietro mirò Elias; ma mentre stava per calcare il grilletto un colpo secco e sonoro, che non era certo causato dal vento, batté sulla porticina sprangata che dava sul cortile. Si guardarono tutti spaventati, le labbra pallide, il cuore immoto, e il fucile ricadde sulle ginocchia di Pietro.

Chi poteva essere? Erano dunque scoperti... perduti?...

Ma repente Simona si alzò di scatto e gridando con terrore - Gabina! Gabina!... - si slanciò verso la porta, a salti, fremendo, come una iena ferita, e aprì...

Trovò infatti la piccina, stesa per terra, bagnata e svenuta. Gabina visto e udito tutto, non aveva potuto resistere, ed era svenuta, piena di spavento e d'orrore...

- Figlia mia!... Gabina, Gabinedda... figliolina mia!... - diceva Simona prendendola fra le braccia e portandola accanto al focolare. Vistala così livida, fredda, bagnata, con gli occhi chiusi e il volto ancora scomposto dallo spavento, Simona la credé morta e dimenticando del tutto Elias che divorava la bimba con gli occhi si mise a piangere spasmodicamente, chiamandola coi più dolci nomi e spogliandola dalle vesti inzuppate, riscaldandole i piedini contratti e baciandola furiosamente.

Ma Gabina non dava segno di vita.

- Gabinedda... Gabinedda mia... figlia mia... cuor mio, dolce cuor mio! Ahi! È morta... è morta... la figlia mia adorata, la sola mia gioia!... Fiorellino mio, Gabina, povera, povera... Come faccio io... Dio mio, Dio mio, come farò... È morta... vedete, babbo mio, toccate, è morta... è fredda... è morta, Dio mio!...

Simona gesticolava e smaniava; pareva impazzisse, e a momenti parlava, a momenti sorrideva sembrandole che Gabina tornasse in sé, poi ricominciava a piangere come una pazza.

Tanu e Pietro intanto si guardavano confusi e interdetti. Certo la piccina aveva inteso e visto tutto. Dunque?...

Elias taceva e fissava sempre la bimba, cupo e disperato.

- Oh, se fosse morta, se fosse morta davvero?

Zio Tottoi invece, ch'era molto superstizioso, sorrideva amaramente pensando che là sotto stava la mano di Dio che li puniva, o almeno li avvertiva; la luce inondava l'anima del vecchio e un grande pensiero gli brillava nella mente. Prese Gabina dal grembo di Simona e la pose fra le braccia di Tanu dicendogli:

- Portala su, al letto... e tu Pietro, corri e fa venire il medico...

- Babbo!?! - esclamò il giovine spalancando gli occhi e accennando Elias, mentre Tanu, obbediente, usciva con Gabina fra le braccia e Simona dietro col lume.

- Va! - rispose il vecchio. - Va ti dico. Non accadrà nulla di male!...

Fidente nel padre, Pietro che adorava la nipotina, che anch'egli credeva morta o in fin di vita, depose il fucile e uscì...

Dopo un momento zio Tottoi si avvicinò alla porta e chiamò:

- Simona, Simona! Scendi... -. La giovine scese subito.

- Simona - mormorò il padre con voce solenne e misteriosa. - Gabina ha visto tutto. È la mano di Dio... Simona...

La giovine comprese; rimase immobile, muta, gli occhi fissi su Elias, i grandi occhi nel cui fosco brillare si leggeva una vera battaglia interna. - È la mano di Dio!... - ripeté il vecchio.

A un tratto Simona si slanciò verso Elias e sciolse le corde; libero che fu lo prese per mano, lo condusse al cortile, gli aprì il vecchio portone e lo spinse nella via dicendogli:

- Vattene e ricordati di tua figlia!... - E rimase lì finché il passo di lui non morì in lontananza, fra gli urli della procella.

IL MAGO

Vivevano in fondo al villaggio, uno dei più forti e pittoreschi villaggi delle montagne del Logudoro, anzi la loro casetta nera e piccina era proprio l'ultima, e guardava giù per le chine, coperte di ginestre e di lentischi a grandi macchie.

Filando ritta sulla porta, Saveria vedeva il mare in lontananza, nell'estremo orizzonte, confuso col cielo di platino in estate, nebbioso in inverno: cucendo presso la finestra scorgeva una immensità di vallate stendentisi ai piedi delle sue montagne, e sentiva il caldo profumo delle messi d'oro ondeggianti al sole, e il sussulto del torrente che scorreva fra le roccie e i roveti montani. In quella casa piccina e nera, col tetto coperto di musco giallo e rossastro, ombreggiata da un vecchio pergolato, fra tanta festa di cieli azzurri e di immensi orizzonti silenziosi, da due anni, Saveria scorreva la vita più felice che si possa immaginare, accanto al suo giovane sposo dai grandi occhi ardenti e le labbra rosse come i frutti delle eriche fra cui conduceva i suoi armenti, la sola sua ricchezza. Si chiamava Antonio. Anch'esso dacché aveva sposato la piccola signora dei suoi sogni da pastore, viveva felicissimo; però una leggera nuvola era apparsa dopo due anni di completa felicità sul cielo sereno della sua esistenza. Saveria non lo aveva reso né ancora accennava a renderlo padre! Era una cosa ben triste! Egli l'aveva tanto sognato un bel marmocchio bruno come lui che appena in gambe l'avrebbe seguito su e giù, fra i boschi e le valli, aiutandolo nelle dure fatiche di pastore; un marmocchio che poi, fatto forte giovanotto, la gioia e la speranza dei suoi vecchi, ammogliandosi avrebbe a sua volta tramandato il loro nome e la discendenza dei loro armenti in un altro, e così via pei secoli dei secoli! Tutti gli avi di Antonio erano stati pastori: e questa gloria egli sognava di continuarla ma come fare se non veniva l'erede?

Tutto fu messo in opera; promesse, novene, pellegrinaggi. Antonio andò, scalzo e a testa nuda, a piedi, sino al celebre santuario della Madonna dei Miracoli, a Bitti, fece fare una processione, una messa solenne, e promise di dare tante libbre di cera lavorata alla Madonna quante ne avrebbe pesate il futuro figliuolino, ma tutto fu inutile. Saveria restava sottile, sottile, elegante nel suo costume dal corsetto giallo e la camicia ricamata, e la casa non veniva ancora rallegrata dagli strilli del sognato bambino né dalla nenia della mamma accompagnata dal cigolio della culla.

Era una ben triste, triste cosa! Se ne aveva già deposta l'ultima speranza allorché un giorno un'amica di Saveria venne a trovarla e le disse con profondo mistero, dopo i primi complimenti alla francese: - Non sapete dunque, comare Sabé? Peppe Longu mi ha detto che voi non fate figli perché...

- Perché?... - chiese attenta Saveria con gli occhi spalancati.

- Perché? - seguitò l'altra abbassando la voce. - Ci scampi Iddio, ma voi lo sapete, Peppe è un mago di prima qualità, così almeno dicono tutti... e lui stesso mi ha detto che è per opera di una sua magia che voi non avete figli.

- Liberanosdomine! - esclamò Saveria ridendo e facendosi il segno della croce. Come tutte le donnicciuole del villaggio essa era superstiziosa e credeva alle magie, anzi una volta aveva visto coi suoi propri occhi un fantasma bianco vagare pei monti, ma che poi Peppe Longu, per quanto fosse mago, arrivasse a quel punto, ah, questo era troppo! Ma l'altra proseguì, offesa dell'incredulità di Saveria, e tanto disse che finì per convincerla.

Dopo un'ora di chiacchiere accanto al focolare, sulle cui bracie Saveria aveva posto a bollire il caffè, ell'era così convinta della magia di Peppe che chiese pensosa alla comare:

- E... ditemi, non la potrebbe disfare questa opera infernale?

- Questo poi no, mi ha detto, questo no! Pare che abbia dell'astio contro vostro marito!...

All'imbrunire Antonio comparve in fondo alla strada rocciosa sul suo cavallino nero e la bisaccia gonfia di formaggio fresco e di ricotta. Mentre scaricava la sua entrata sotto il pergolato, Saveria lo informò di tutto: egli non rise punto, ma aggrottando le folte sopracciglia si contentò di scuotere la testa. E quando tutto fu rimesso in ordine, cavallo, bisaccia ed entrata, Antonio si sedette a piedi in croce accanto al focolare e si fece ripetere la strana novità.

- Ma che diavolo avete con Peppe? Perché si vendica così orribilmente? - domandò alla fine Saveria con grande serietà.

- Nulla!... - rispose Antonio. - A meno che non sia perché mi rido sempre delle sue magie!

- È male! Non hai visto come ha disperso le cavallette che rovinavano la vigna di Don Giovanni? E quelle di Jolgi Luppeddu?...

- È vero... è vero... ma! Vedremo! Domani gli parlerò.

- Ah, se sciogliesse la magia!... - esclamò Saveria.

Quella notte i due sposi sognarono nuovamente un bel bambino bruno; ma l'indomani, per quante preghiere Antonio gli facesse, il mago del villaggio ricusò assolutamente di disfare l'incantesimo.

Era un tipo alquanto misterioso quel mago: viveva come tutti gli altri uomini del mondo, però non lavorava mai.

È vero che oltre le magie pubbliche di cui menava vanto, come l'uccidere le cavallette e il sanare le pecore malate con semplici parole misteriose, per cui non accettava compenso alcuno egli riceveva molte visite notturne; però nessuno ci badava e generalmente si credeva che i genî che egli aveva al suo comando gli dessero il denaro e le provviste che abbondavano nella sua catapecchia. Ma forse Antonio la pensava diversamente perché, viste mal riuscite tutte le sue preghiere e anche le sue minaccie, si recò una notte da Peppe e gli promise un bel luigi d'oro purché sciogliesse finalmente la fatale magia.

Sulle prime Peppe fece il sordo, si mostrò anzi scandalizzato, come un artista a cui si proponga un affare che spoetizzi i suoi ideali; ma poi, visto realmente lo splendore del luigi, chissà donde il pastore lo aveva tratto! cedé a poco a poco e gridò:

- Ebbene, sì! Lo faccio però per amicizia e pietà di Saveria; ma tu non lo meriti, tu che mi hai sempre deriso!...

Antonio protestò; Peppe allora l'avvertì di trovarsi l'indomani notte in un sito deserto della montagna, col fucile scarico, una tovaglia bianca e due ceri. Antonio lasciò la moneta al mago e promise tutto; però, allorché trovossi nella strada oscura, minacciò col pugno la casa rovinata da cui era uscito e sogghignò: - Vedremo!

L'indomani notte fu il primo ad arrivare al convegno: era un sito orrido e dirupato reso fantastico dal chiarore croceo della luna al tramonto. Nella notte serena non spirava un alito di brezza, e i rovi fioriti, le liane nere e il musco olezzavano nel silenzio misterioso delle roccie illuminate dalla luna.

Il pastore depose il fucile che, secondo la raccomandazione di Peppe, non aveva caricato, la tovaglia, e i ceri su un masso e attese... Peppe non tardò. Le sue prime parole furono: - È giusta l'ora! Mezzanotte -. Stese la tovaglia su una larga pietra nuda e isolata dalle altre, fissò i ceri in terra e fece stendere bocconi, per un secondo, il pastore.

Quando si rialzò Antonio vide i ceri accesi e il fucile posto sulla tovaglia. - Cominciamo! - disse Peppe.

E infatti cominciò a fare mille pantomime che Antonio seguiva con occhio torvo e con un sorriso di sdegno sulle labbra. Più che mai si sentiva in vena di deridere il mago; ma qual non fu il suo spavento quando Peppe rivoltosi alla pietra coperta dalla tovaglia, la interrogò in un linguaggio strano che probabilmente doveva passare per latino, e la pietra rispose, con voce flebile, lugubre, uscente di sotterra, nel medesimo linguaggio?... In pari tempo i ceri si spensero da sé senza che tirasse vento o che Peppe si chinasse su di essi. Si rivolse invece verso il pastore che tremava verga a verga e gli disse: - La pietra mi risponde che... il fucile risponderà se la magia è sì o no sciolta!...

- Come? - chiese Antonio richiamato in sé dalla voce del mago.

- Era scarico il tuo fucile?...

- Sì perdio! - esclamò il pastore.

- Ebbene, piglialo e spara in aria: se fa fuoco è segno che l'incantesimo è sciolto!

Antonio, oramai preparato ad assistere a tutte le meraviglie del mondo ma non a quest'ultima, si accostò alla pietra parlante, prese il fucile e sparò... Peppe cadde al suolo, senza emettere un solo gemito, col cuore trapassato da una palla.

Invece di sparare in aria, Antonio lo aveva preso di mira...

Dopo il suo involontario delitto, perché, nonostante tutto, credeva che il fucile non facesse fuoco, il pastore pensò di darsela a gambe ma poi rifletté che nessuno sapeva nulla di tutta questa faccenda, e... ripiegò la tovaglia, riprese i ceri e il fucile e ritornò al villaggio camminando sulle rupi in modo da non lasciare alcuna traccia dietro di sé, e passò tranquillamente il resto della notte con la sua adorata Saveria.

... Sempre incredulo in fatto di magie, il forte pastore dai grandi occhi ardenti non seppe mai spiegarsi come la pietra avesse parlato, come i ceri eransi spenti e come il fucile aveva fatto fuoco; però nove mesi dopo ebbe la gioia di pigliare fra le sue braccia robuste un bel marmocchio di cui Saveria lo rese padre. Allora si pentì amaramente di non aver sparato in aria; ma non potendo far rivivere il mago, si contentò di fargli dire una messa di suffragio nella vecchia chiesetta della montagna.

ANCORA MAGIE

Zio Salvatore, il nostro vecchio fattore, cominciò:

- Figlioli miei, io non sono stato sempre agricoltore: ero nato per diventare qualcosa di grande, prete almeno, ma i casi e l'estrema povertà della mia buona mamma, non lo permisero. Tuttavia durante la mia fanciullezza feci il sagrestano nella nostra chiesetta di San Giuliano, e solo allorché, smessa ogni vocazione religiosa, pensai di ammogliarmi, mi scossi via il profumo d'incenso e di cera che esalava dalle mie vesti, e, vestitemi le ghette mi posi a lavorare la terra. Sentite dunque: era l'ultimo anno della mia... segrestania e ne contavo già ventidue.

Una sera di novembre, all'imbrunire, me ne stavo seduto al di fuori della nostra casetta, sul carro di un vicino, e guardavo in fondo alla via. Siccome faceva freddo nessuno si degnava tenermi compagnia, e anch'io, certo se non fossi stato spinto da un forte motivo, non sarei rimasto là. Vedevo i monti, già coperti di neve, tutti velati di nebbia, sentivo giù dal cielo fosco stillare un'umidità gelata che trapassava il mio cappotto, e il vento freddo m'imporporava il naso, eppure non mi muovevo. Il campanile nero di San Giuliano, facendo di tanto in tanto capolino fra la nebbia e le tinte fosche dell'imbrunire, mi avvertiva esser l'ora di recarmi a sonar l'ave, eppure io restavo là duro, stecchito, immemore del mio dovere. Ciò che più mi tentava era l'allegro schioppettare del fuoco, dentro, nella nostra cucinetta calda ove mamma preparava un buon minestrone di fagiuoli con cavoli, un vero lusso sapete, aizzando ogni tanto con la sua voce tremula l'asinello che funzionava ancora, monotono e lento, intorno alla macina in un angolo della cucina. Guardavo ogni tanto il tetto basso e umido che fumava e il pensiero del buon fuoco accresceva il mio freddo, pure non mi muovevo, come fossi incantato. Ah, sì, ero proprio incantato. Un'ora prima, all'uscita della novena, Graziarosa, mi aveva detto con mistero:

«Compare Batò, devo parlarvi: attendetemi fra un'ora davanti a casa vostra». Graziarosa parlarmi, darmi un convegno! Era una cosa che io non sognavo neppure: perché dovete sapere che, innamorato pazzo di lei, lei non mi aveva mai voluto ascoltare, anzi mi derideva chiamandomi: compare campanile! Come soffrivo Dio Santo! Graziarosa si credeva un gran che perché serviva in casa del Sindaco, il più ricco signore del paese, e accompagnava la padroncina Donna Daniela, a passeggio; era una bella ragazza, Graziarosa, con gli occhi verdi, e io ne andavo pazzo: ma lei non mi dava uno sguardo, anzi pretendeva di maritarsi con un signore! Figuratevi però che signore! Uno che avesse pantaloni, ecco, talché io, esasperato, quando lo seppi, le cantai persino sotto la sua finestra, una canzone infame:

Teracas chi signoras bos cheries...

Essa minacciò di farmi bastonare da suo fratello: io stavo per farle comporre una poesia scandalosa da un poeta che scriveva così canzoni per l'uno e per l'altro mediante la ricompensa di sette pezzas, allorché mi diede il convegno, con buona grazia e chiamandomi insolitamente col mio vero nome.

Ecco perché, io che, ben potete figurarvi, l'amavo sempre, me ne stavo quella sera al fresco, tranguggiandomi la nebbia e col naso rosso...

Come Dio volle Graziarosa arrivò: ritornava dalla fonte, le mani avvolte nel grembiale e il viso livido dal freddo. Appena la vidi mi alzai di scatto e le andai incontro palpitando e mormorando:

«Che diavolo! Vi attendo da due ore, sapete. Ed ho da suonar l'ave!».

Un sorriso beffardo le increspò le labbra: depose l'anfora su un muricciuolo e mi rispose, guardandosi attorno: «Altro che ave, compare mio! Si tratta di scudi. Volete guadagnarvene venti?...».

La fissai bene, e pensai: «A che vuol concludere?». Anch'io mi guardai attorno, ricordandomi la sua minaccia, e dubitando che il fratello fosse là dietro il muro, ma non vidi nessuno. Solo a venti passi la mia casetta nera, fra la nebbia invadente e il crosciare minimo della nostra macina mossa dall'asinello, Graziarosa si accorse della mia... stavo per dire paura.

«Su, - disse, facendosi seria, - non state a fare il matto. Non ho tempo da perdere. Ditemi se volete guadagnarvi venti scudi...».

Assicuratomi che parlava sul serio e visto che potevo fare il galante senza correre alcun pericolo cominciai a far gli occhi languidi imbambolati, e risposi: «Comare Graziarò, se dite davvero, e se si tratta di farvi un piacere, parlate pure subito... Già, lo sapete, io sono pronto a gettarmi nel fuoco per voi: purché mi vogliate un po' di bene, io, senz'altra ricompensa, vado all'inferno...».

«Ufh!... - esclamò la ragazza fissandomi. - Siete un fanfarone! E non che andare all'inferno, ma scommetto che non mi farete punto il piacere che vi chiedo, che è poi per altri... Vi sono cento lire per me e cento per voi, senza contare l'amore che d'ora innanzi vi porterò...».

Queste ultime parole mi entusiasmarono tanto che, non sapendo come meglio ringraziare Graziarosa, cercai farle qualche carezza, sembrandomi già di aver qualche dritto su di lei. Ma essa diede indietro dicendo: «Abbasso le mani, compà, o vi piglio a schiaffi... ohé!».

Brutto prologo del suo promesso amore! Siccome la notte avanzava e il vento strideva più forte fra la nebbia, Graziarosa proseguì:

«Stanotte di certo la padrona mi manda via... E donna eh, da perdonarmi! Dunque facciamo presto. Prima però di dirvi di che si tratta bisogna mi giuriate che non svelerete mai nulla, acconsentiate o no, né che mai pronunzierete il nome mio se narrate questo fatto!». Io, appunto perché sapevo che avrei fatto il contrario, conoscendo bene il mio carattere, proferii i più orribili giuramenti. Allora Graziarosa, a voce sommessa, mi fé noto ciò che voleva: era qualcosa di orrendo per me. Si trattava nientedimeno che di darle, mediante la sopradetta ricompensa di venti scudi e il suo futuro amore, un po' di olio santo!...

Diventai pallido nel pensare che mi credevano capace di tanto: tremai tutto allorché sentii che l'olio santo doveva servire per una magia; ma per quante preghiere facessi, Graziarosa non volle dirmi che sorta di magia fosse e per chi servisse. Naturalmente negai, con orrore e terrore, compiere questo sacrilegio, per quanto mi tentasse sempre la strana promessa dell'amore di Graziarosa e un pochino anche i cento franchi. Oh, avere cento franchi e saldare con essi l'unico debito che aveva la mamma sin dal tempo in cui era morto il babbo! Cento franchi! Erano per me un sogno, grande quanto quelli che mi dava la disperata passione per Graziarosa, ma averli a quel prezzo! Prima mi fossero piombati cento fulmini! Avrei ucciso meglio un uomo! E lo dissi francamente alla ragazza.

«Vedete, avevo ragione io! E dicevate di andare all'inferno!...».

«Oh, chiedetemi tutto ciò che volete, ditemi di fare qualunque altro delitto e lo farò per voi, ma questo no, questo no, no, no...».

Dopo lunga contesa Graziarosa se ne andò via pestando i piedi ed io rimasi come un sonnambulo, là, a occhi aperti senza veder nulla, con tanto di naso rosso fra la nebbia, chiedendomi se tutto non era una visione.

Quella sera a San Giuliano non si suonò punto l'ave, ed io non presi alcun gusto al minestrone di fagiuoli preparato dalla mamma, la quale mi disse:

«Sei malato!». E volle farmi bere del latte caldo per farmi sudare!

Circa un mese dopo, causa un gran temporale, rovinò il tetto a una casa vicina alla chiesa: la sventura volle che quella casa fosse appunto quella del nostro creditore che, povero come noi, ci scongiurò a pagarlo alla fine, dopo tanti e tanti anni.

Non avevamo neppure dieci franchi disponibili, sicché pregammo tanto il nostro creditore ad avere pazienza, ma come poteva pazientare quel povero diavolo con la casa scoperta? E in inverno? In breve: citò la mamma. Fu quella una brutta giornata per noi che non sapevamo neanche di che colore fosse l'usciere, che non avevamo mai posto piede, neppure come testimoni, in un tribunale. Ci sembrò una infamia, un'onta, tanto più che sapevamo di non poter assolutamente pagare.

San Giuliano mio! Cercai ogni pertugio, pregai tutti, ma ahimè, se ora il denaro è morto allora era moribondo, e... non trovai un'anima che mi prestasse cento franchi. Bisognava dunque rassegnarci a lasciar fare spese e metterci all'asta le masserizie?

Fra tanta disperazione una notte mi ricordai i cento franchi di Graziarosa, e, ve lo confesso, ero così desolato e disperato che per un momento ebbi il sacrilego pensiero di dare l'olio santo. Ripensai a che poteva servire, e ricordandomi che avevo sentito dire esservi certi signori che non credendo più in Dio e nei santi, per fare uno sfregio alla nostra Santissima Religione, usano battezzare asini, cani e simili animali, parodiando in orribile modo il Battesimo e adoprando il vero olio e acqua santa, mi sentii rizzare i capelli e mi chiesi come mai, per un solo minuto avevo deliberato di dar mano a questa perdizione.

Ma il pensiero del nostro malanno incalzava sempre più tenace e il demonio mi assaliva da ogni parte: oramai l'idea dei cento franchi di Graziarosa - non ricordavo punto la promessa del suo amore... - e delle nostre povere masserizie poste all'asta in pubblica piazza, onta e ludibrio estremo, mi si confondevano così nella mente, che mi posi fervorosamente a pregare per scacciare la tentazione! San Giuliano, San Giuliano mio, aiutatemi voi o sono perduto. Ma invano, invano! Quella notte il mio patrono doveva esser sordo o non udiva le mie preghiere causa il forte soffiare del vento...

Fatto sta che il demonio mi vinceva e nulla valeva a scacciarlo. All'alba ero ancora sveglio, lottando sempre contro quell'orrendo pensiero: alla fine mi rivolsi a Santa Barbara, ch'era la santa della mia povera mamma, e la pregai tanto tanto di salvarmi, se non per i miei meriti per misericordia di quella buona vecchia di mia madre, che mi esaudì. Ne son certo, è stata lei, Santa Barbara, a salvarmi, a inspirarmi, ad aiutarmi.

Zio Salvatore qui ci fece un lungo sermone che vi risparmio per quanto interessantissimo, poi proseguì, noi sempre attenti e curiosi:

- Fatto appena giorno mi recai in casa del Sindaco e chiesto di Graziarosa le dissi: «Comare Graziarò, per quell'affare ho bene pensato, sapete...».

«Come? - disse lei spalancando gli occhi e attirandomi in un angolo remoto del cortile. - Acconsentite? Ma parlate piano».

«Sì!» risposi, io pure stralunando gli occhi. E siccome volevo guadagnar molto, giacché mi ci ero messo: «Ma sentite, lo faccio per voi, perché non posso più resistere... Se sapeste come vi amo! Se voi seguitate a fare così la crudele io me ne muoio, me ne muoio a dirittura...».

«Piano, compà... - mormorò la serva guardando con timore le finestre ancora chiuse dei padroni. - Se vi odono mi mandano via. A questo poi ci penseremo dopo... Ditemi dunque?...».

«Stasera passate in casa, tornando dalla fonte!...».

Sul tardi Graziarosa infatti passò ed io le consegnai una piccola ampollina di olio. Vidi i suoi grandi occhi verdi scintillare allegramente e per poco non mi baciò. Nascosta ben bene l'ampollina mi consegnò un biglietto da cento lire che io, dopo molte finte cerimonie accettai. Quella sera cominciammo a parlare d'amore, e quella sera dal campanile nero di San Giuliano risuonò la più allegra ave maria che si possa immaginare, tanto allegra che non pareva ave maria.

Dopo qualche anno Graziarosa diventò mia moglie: solo allora volle confidarmi il segreto dell'olio santo.

Donna Daniela, la sua padroncina, che benché ricca era un tantino brutta e antipatica, innamorata da morirne di un suo cugino, bel giovine e laureato, viste riuscite inutili tutte le altre seduzioni, era ricorsa ad una famosa maga di un villaggio vicino.

«Si procuri un po' d'olio santo, - rispose la maga, - e ne unga la fronte del giovine mentre dorme, una notte di luna piena, a mezzanotte precisa...». Graziarosa, intima confidente di Donna Daniela, aveva subito pensato a me che, come sagrestano, potevo procurarle l'olio santo. Avuto questo, Donna Daniela, sempre a furia di denaro e di mistero, erasi una notte di plenilunio introdotta in casa del cugino e gli aveva unto la bellissima fronte mentre egli dormiva e la mezzanotte suonava. La maga aveva detto che dopo questa operazione il cugino doveva anch'egli innamorarsi pazzamente di Daniela...

«E invece?... - chiesi io a Graziarosa. - Il cugino?...».

«Invece, - mi rispose lei con melanconia, - non solo non se ne innamorò, ma poco di poi partì per Cagliari e sposò un'altra ragazza».

«Figuriamoci! - esclamai dando in una gran risata. - Sfido io! Quello che ti consegnai era semplice olio che di santità non conosceva neppure il nome!...».

ROMANZO MINIMO

Su, in alto, sullo sfondo azzurrino delle montagne calcaree, sotto il cielo fresco di una dolcezza profonda da cielo di paesaggio fiammingo che mi ricorda i quadri più noti di Van-Haanen, la nostra casa verde dominava il villaggio: col suo tetto aguzzo su l'elegante cornicione bianco, le finestre gotiche al secondo piano e il verone che la circondava tutta al primo, esile, alta, la tinta verde smaltata dal sole, pareva una casetta cinese di porcellana, così fresca e allegra che ancora, nonostante il triste caso che vi racconterò e che mi costrinse ad allontanarmene per sempre, il suo ricordo mette una nota gaia nelle memorie della mia fanciullezza.

Son passati vent'anni. Allora tutta la nostra famiglia, la nobile famiglia dei Maxu, la più ricca del villaggio, era composta da me, elegante studente di giurisprudenza, da mio padre più elegante ancora di me benché contasse quarant'anni suonati, aristocratico cavaliere di montagna che viveva cacciando aquile e cinghiali nei nostri immensi boschi d'elci e di roveri, e da una cugina orfana di cui egli era tutore, ed io naturalmente innamorato.

Però non l'avevo sempre amata: mi ricordo anzi che fin da bambino provavo una sorda antipatia per essa, forse perché ogni volta che venivamo a lite, lei grande e forte - eravamo quasi della stessa età - mi picchiava cordialmente come l'ultima delle monelle, minacciandomi sempre di vendicarsi meglio fra qualche anno.

Venuta poi in casa nostra, dopo morta sua madre, io avevo trascorso persino notti insonni roso dal crepacuore di vedermi sempre accanto quella piccola furia così viziata e maleducata: di vederla signora e padrona della mia casa, accarezzata da mio padre di cui io, io solo, dovevo esser l'idolo... Dal canto suo poi Gabriella o Gella, come la chiamavano, mi professava pochissimo amore. Accortasi però della mia cattiva accoglienza cambiò completamente di carattere e, cessato il suo dolore per la madre, non riprese la vita antica, ma si chiuse a mio riguardo, in una fredda riservatezza che finì col farmela addirittura odiare. Non mi parlava quasi mai; mi passava davanti senza guardarmi, e andando su e giù per la casa, imponendosi su tutto e su tutti con una dolcezza silenziosa e nuovissima in lei, pareva non accorgersi neppure di me. Fremevo di rabbia: avrei dato dieci anni di vita perché Gella mi avesse procurato il menomo motivo di accusarla a mio padre, e cercavo tutti i mezzi per accendere almeno una delle nostre antiche liti, ma sempre invano. Lei non badava a me, e tutt'al più rispondeva con un sorriso di disprezzo alle mie insolenti provocazioni, alle mie acri allusioni sulla sua condizione d'intrusa nella mia casa... Si è che io ero ancora un bimbo coi miei sedici anni e lei una fanciulla precoce che forse sognava già Dio sa che cosa coi suoi quattordici. L'avremmo forse finita male, se, sopravvenuto il novembre, io non fossi partito per i miei studi.

Nove mesi di lontananza temprarono la mia antipatia, tantoché ritornai con tutte le possibili buone intenzioni di pacificazione; ma Gella non aveva punto cambiato di opinione, e, non solo mi accolse freddamente, ma abituata col tempo alla nuova casa, mi sembrò mi considerasse come ospite più che padrone!... E così uno, due, molti anni. Stancatomi di accarezzarla, e di perseguitarla finii anch'io con l'imitarla. Nessuna confidenza, nessun affetto, nessuna di quelle fini attenzioni o di quei dispetti effimeri abituali in persone che vivono sotto lo stesso tetto correvano fra me e Gella; e mentre nel villaggio si diceva che appena laureato avrei sposato mia cugina, neppure un barlume vago d'amore, neppure il minimo pensiero ci univa, noi che ci vedevamo ogni secondo, noi ch'eravamo diventati due bellissimi giovani; io bruno, elegante, rumoroso così che al mio arrivo mettevo tutto il villaggio in fermento; lei sottile, eterea, bionda, con gli occhi impenetrabili, dell'azzurro pallido ma ardente delle montagne calcaree che dominavano la nostra casa, la carnagione rossa vellutata, sulle guancie formanti due affascinanti fossette ogni volta che lei si degnava sorridere, sul collo, sulle orecchie piccine piccine e persino sulle mani. Vestiva sempre di bianco, in casa e per fuori: non un nastro, un gioiello, un solo filo di colore, mai e poi mai. Ed io, che odiavo il bianco, la chiamavo ironicamente Cassandra Fedele, ma lei, al solito, non badava punto ai miei scherzi.

Una notte, assai tardi, nel chiudere la finestra della mia camera, vidi Gella nel verone del primo piano. Ritta, immobile, con le mani intrecciate sulla balaustrata, vestiva, come sempre di bianco, un abito lungo, morbido, che la rendeva più alta e sottile: le maniche, larghissime dal gomito in giù, le cadevano all'ebrea lungo i fianchi eleganti, lasciando nuda parte delle sue braccia esili, ma ben fatte, e i capelli crespi, indomabili, le scendevano sulle spalle, metà a treccia ed il resto disciolti.

Il raggio della luna al declino, battendole sul viso, la rendeva così bianca, diafana e fantastica che io, benché tanto mal disposto verso di lei, non potei non solo far a meno di confessarmi ch'era bella, ma rimasi estatico sul davanzale a contemplarla, come un'apparizione sovrannaturale... Ma che faceva lì a quell'ora? Non mi ricordavo d'averla veduta mai così tardi al verone, e sapendola pochissimo entusiasta per gli incanti della notte, pensai che aspettasse qualcuno, rammentandomi repente che Gella era in un'età in cui una fanciulla bella è impossibile non abbia un innamorato.

Sì! Gella aspettava! Istintivamente sentii rinascere entro di me tutti i vecchi rancori contro mia cugina, o almeno qualcosa che qualificai per ciò. Ero poco profondo psicologo per accorgermi che invece ero geloso, forse anche prima di essere innamorato, e senza ben percepire la causa della mia subitanea indignazione, sembrandomi che Gella disonorasse la nostra casa con la sua leggerezza di ragazza che parla di notte con un uomo, sentii il cervello offuscarmisi dolorosamente, mentre, nello stesso tempo, provavo una strana gioia pensando che potevo finalmente umiliarla. Umiliarla, oh, umiliarla!... Vedere finalmente chinare quegli occhi alteri e misteriosi, quella fronte fredda e ironica innanzi a me! Che vittoria!... E ritornato bambino senza per nulla ponderare la mia azione odiosa e leggera, lasciai la finestra, scesi e comparvi vicino a Gella, con la cera di un marito che coglie la moglie in flagrante, dicendole a voce bassissima, ma imperiosa: - Che fai lì a quest'ora?...

Strappata bruscamente alle sue profonde fantasticherie, vidi Gella impallidire orribilmente e guardarmi spaventata, tremando da capo a piedi: tutte dimostrazioni aggravanti che accrebbero i miei sospetti. Ma in un lampo si rimise, ritornò rossa ed i suoi occhi scintillarono cupamente.

- Ciò che mi pare e piace! - rispose con voce aspra, dandomi le spalle e appoggiandosi alla balaustrata. Era la prima volta che, dopo che era in casa nostra, la vedevo commuoversi in tal guisa. Per un effetto misterioso, la sua voce mi fece ritornare in me e arrossire della mia poca galanteria. Ma troppo altero per chiederle scusa, - ricordandomi intensamente il suo bizzarro procedere verso di me, - mi accontentai di mentire vilmente, come una donnicciuola, per giustificarmi:

- Bada, Gella, m'hanno detto, che amoreggi con Anni, il medico condotto, e che vi parlate ogni notte... Se avesse buone intenzioni ti avrebbe già domandata a papà, e invece... Gella, non offenderti, te lo dico per il tuo bene... Vedendoti così tardi al verone ho pensato che lo aspettassi e son sceso... Ma credo che ciò sia bugia... Gella... io non ci credo... ma se fosse...

Non potei proseguire: quella bugia, quell'infame bugia, mi serrava la gola, m'inaridiva le labbra. Gella rimase immobile e non rispose.

Volevo continuare la mia poco lodevole commedia; volevo chiederle perdono e non potevo nulla: alla fine me ne andai senza quasi avvedermene, e ritornai alla mia finestra chiedendomi se non sognavo.

Vidi Gella sempre là, china sul parapetto, col volto fra le mani...

Piangeva! Un pianto silenzioso e disperato interrotto di tratto in tratto da singulti spasmodici che mi agitavano la persona come scosse elettriche... Non saprei mai descrivere ciò che provavo nel veder Gella piangere per mia colpa: maledicevo il mio sospetto, e morsicandomi le labbra a sangue restavo là, inchiodato su davanzale, col cuore che mi scoppiava in seno.

La luna cadeva sempre, nell'estremo orizzonte aperto, tinto di un lieve splendore roseo, sfumante su, su, in toni di un viola azzurrastro, argenteo, cinereo, e spirava la brezza dell'alta notte che portava fino a me il profumo dei mirti delle agavi biancheggianti nella pianura immensa che si stendeva sotto il villaggio silenzioso, e i profumi acri delle montagne di calce irrorate dall'umidità della notte autunnale. Un usignuolo cantava fra i roseti gialli del nostro giardino: la sua musica fine e triste destava in me, magnetizzato dall'aspetto pallido del paesaggio, inebbriato dagli umidi profumi del vento, e i nervi posti in sussulto dal pianto di Gella, la sensazione mista d'angoscia e voluttà provata una volta, nella città dove studiavo, nel sentire una suonata pensosa e melanconica di Mozart, eseguita al piano da una signorina tisica e moribonda...

Rimasi così a lungo: e dopo molto tempo mi ritrovai vicino a mia cugina, con le mani contratte sul ferro gelido del parapetto...

La luna tramontata, sul paesaggio regnava ora un vago barlume bianco, sidereo, e il vento soffiava così freddo che mi costringeva a battere i denti. Gella non piangeva più e non tremava punto come me. Non ostante l'oscurità la vedevo sempre, bianca in tutta la persona, persino nei capelli biondi e negli occhi pallidi, fuorché sul viso e sulle mani rosee, e pensavo che quel volto, quelle labbra di corallo e quelle mani dovevano scottare...

- Gella, - cominciai, - non posso andar a dormire senza averti chiesto perdono... -. E lei, rizzatasi, restò muta. - Gella, - proseguii, - perdonami se ho osato dubitare così di te. Oh, le cattive lingue, i vili!... Ma tu sei così buona che mi perdonerai non è vero? Rispondi... Gella... su, Gella... rispondi!...

- Domani vado via da questa casa! - rispose essa alla fine con la voce ancora piangente. Ho compiuto il ventun anno!...

- Che cosa hai tu detto, Gella? Ma sei pazza?... - diss'io spaventato, e siccome lei non proseguiva, me le avvicinai per guardarla bene in volto. Essa non si mosse, ed io sentii il profumo delle sue vesti salirmi al cervello. Smarrivo le idee. In un'ora m'ero tanto innamorato di mia cugina da perderne la ragione: parrà impossibile, eppure è così. L'ambiente, l'ora, il pentimento d'averla offesa e calunniata, il suo pianto, persino il canto magico dell'usignuolo, la veste fantastica e bianca da dama del Cinquecento che mi ricordava vagamente Gabriella d'Estrèes, la famosa amica di Enrico IV, i capelli semi-sciolti, i profumi che ne circondavano, tutto contribuiva a infiammarmi il sangue, costringendomi a operare e parlare quasi che nelle mie vene corresse un filtro d'amore, potente, repentino e indomabile. E dissi subito tutto questo a Gella, con frasi di fuoco, rotte, balzanti, ardite, che ora non ricordo più, che vorrebbero dieci pagine per essere trascritte.

Quando tacqui, stanco e ansioso, Gella mi confessò che anch'essa mi amava!... Allora, entusiasmato, pazzo, fuori di me, la strinsi quasi brutalmente fra le mie braccia e, lei riluttante, la baciai sulla bella bocca di corallo, che trovai fredda come la neve, che restò fredda non ostante i miei lunghi baci di fuoco!...

Quel mese di ottobre fu il mese più strano della mia vita. Di giorno io e Gella proseguivamo le parti antiche, freddi e indifferenti, ma di notte i convegni più ardenti e romanzeschi ci riunivano o nel verone o nel roseto del giardino, nell'oscurità azzurrognola delle notti interlunari o fra i silenzi gemmei dei magnifici pleniluni. Solo nelle notti piovose ci riunivamo nel piccolo salotto nero, caldo, a cui la luce tenue della lampada dava un vago ambiente di santuario. Nel divano antico di lampasso a fiorami lividi, Gella col suo costume bianco pareva una santa medioevale, una madonna latina dal volto a riflessi d'oro, ed io, spesso prostrato sul tappeto, adorandola, rappresentavo benissimo la parte di devoto. Diventavo sempre più innamorato: di giorno in giorno il mio amore prendeva proporzioni immense: un amore che mi avrebbe ucciso se non corrisposto. Di giorno spasimavo perché costretto a nasconderlo. Gella mi aveva detto: - Non voglio che nessuno, neppure tuo padre, sappia che ci amiamo, finché tu non sia in grado di sposarmi, cioè laureato. Se tu dici una sola parola, se dai un solo sospetto, tutto è finito fra me e te! Di notte soffrivo: pur stringendomela al seno, pur baciandola e sentendomi dire da lei: - Sarò tua, tua per sempre, e amerò sempre te, te solamente! - soffrivo qualcosa d'immane; un'angoscia incomprensibile che confusa alla intensa voluttà di trovarmi con Gella e di sentirmi amato da lei, produceva una specie di pazzia nel mio cervello sconvolto. Tutto mi turbinava attorno e confondevo il passato col presente, i sogni con la realtà.

Se in quel tempo avessi scritto il mio giornale, avrei formato il più interessante dei romanzi psicologici, perché son convinto che nessun uomo sia stato più stranamente e completamente innamorato di me.

Quando giunse il novembre e mi decisi a partire mi sembrò che mi destassi da un lungo sogno: l'ultima notte che passai con Gella sulle mie ginocchia, ricordo d'aver pianto come un bambino, e non scorderò mai il brivido provato nel sentirmi dire da lei: - E se al ritorno mi troverai... morta?...

Mi guardò tremare con un freddo sguardo e la sentii mormorare cupamente: - Altre volte non ti dividevi così da me! -. Ma non posi mente al suo sguardo e alle sue parole: vi ripensai solo più tardi.

... Partii. Nei primi mesi parevo inebetito: non studiavo, non mangiavo né dormivo, e scrivevo a Gella lunghe lettere che... non le mandavo perché così voleva lei, per non dare dei sospetti: ma a poco a poco mi abituai alla lontananza e col tempo il mio amore entrò in un'altra fase: amavo sempre, più che mai, ma non soffrivo più: speravo. Mi diedi a studiare con ardore e passai splendidamente gli esami.

Un anno ancora e Gella sarebbe mia! Che sogni, che progetti, che ardenti speranze, che gioia al pensiero del ritorno! L'ultima lettera del babbo mi mise però di cattivo umore e rattristò orribilmente il mio viaggio: mi pregava di affrettare il ritorno e mi prometteva la più viva delle sorprese al mio arrivo...

I più brutti presentimenti mi si affacciarono al pensiero, tutti concludenti che Gella si fosse fidanzata ad altri... forse anche sposata, circondandosi di mistero per atterrarmi più sicuramente! Provavo le vertigini a quell'idea, e meditavo persino la vendetta da eseguire se Gella mi avesse davvero così tradito... Ma con chi e per chi?... Nessuno dei pochi signori del villaggio era giovine, ricco, bello e aristocratico come me, nessuno poteva amarla come l'amavo io, nessuno poteva offrirle uno stato da signora come quello che godeva in casa mia! Perché dunque tradirmi, dopo tanti giuramenti e lagrime, dopo i nostri baci e le nostre promesse? Ma invano cercavo rassicurarmi. Mentre la vettura mi trasportava al villaggio, attraverso le campagne deserte, per le chine coperte di robinie lussureggianti e di timavi che impregnavano l'aria fresca dell'alba con olezzi d'incenso, sotto i boschi di roveri intricati ad eriche selvaggie, mi tornava acuta al pensiero la memoria della lunga antipatia corsa fra me e Gella, i dispetti che le avevo continuamente fatto, le sue minaccie di bambina cattiva di vendicarsi più tardi, il suo disprezzo, la sua gelida inimicizia. Mi risovvenivano le sue labbra fredde sotto i miei baci di fuoco, i suoi occhi impenetrabili sotto il mio sguardo delirante... e quel patto orribile di tacere il nostro amore... Ero perduto, perduto, perduto! Gella non mi aveva amato un solo istante, ma finto di amarmi per rendermi pazzo, per vendicarsi col tradirmi ad un dato momento! Sicuro di ciò mi torcevo le mani e smaniavo come un ossesso, ma quando potei scorgere, dietro le alture brune dell'orizzonte, il profilo dei miei monti, tutti color di rosa alle prime carezze del sole e sul fondo d'oro del cielo, risi delle mie paure, mi chiamai pazzo e proseguii il viaggio sorridendo, tutto inebbriato dagli splendori della magnifica mattina, certissimo che Gella mi aspettava ansiosamente, senza più pensare alla sorpresa promessa.

... Trovai mio padre e Gella che mi aspettavano al pian terreno, nella stanza da pranzo, e fui subito colpito da tre cose: l'arredamento vecchio della stanza era scomparso e sostituito da un nuovo, ricco e splendido: papà pareva ringiovanito, elegante, vestito di nero, gli occhi scintillanti di gioia: (la barba bionda, corta, divisa sul mento gli dava un'aria bellissima che lo trasformava tutto); Gella vestiva di colore!...

Se ne stava in fondo alla stanza, le spalle appoggiate alla finestra chiusa, e benché il suo viso restasse oscuro sul fondo luminoso dei vetri la cui luce le circondava i capelli con una sfolgorante aureola, mi parve pallida, ma gli occhi scintillanti di un sorriso misterioso. Tutte queste osservazioni le feci in un lampo e solo dopo le potei ben delineare. In quel momento ero così esaltato che corsi prima a Gella che a mio padre, in atto di abbracciarla. Ma lei mi stese freddamente la mano. Mio padre intanto, contento senza dubbio del mio insolito slancio d'affetto per Gella, si arricciava i baffetti biondi, e mi diceva con un sorriso:

- Abbracciala pure. È mia moglie!...

LA DAMA BIANCA

Vicino ad uno dei più pittoreschi villaggi del Nuorese, noi abbiamo un podere coltivato da una famiglia dello stesso villaggio.

Il capo di questa famiglia, già vecchio, ma ancora forte e vigoroso, - strano tipo di sardo con una soave e bianca testa di santo, degna del Perugino, - viene ogni tanto a Nuoro per recarci i fitti ed i prodotti del podere, e ogni volta ci racconta bizzarre storie che sembrano leggende, invece accadute in realtà tra i monti, i greppi, e le pianure misteriose ove egli ha trascorso la sua vita errabonda, e a molte delle quali egli ha preso parte... Egli si chiama zio Salvatore.

Ecco dunque l'ultima storia che egli ci ha raccontato, che molti non crederanno, e che pure è realmente avvenuta in questa terra delle leggende, delle storie cruente e sovrannaturali, delle avventure inverosimili.

Era una notte di maggio del 1873. In una capanna perduta nelle cussorgias solitarie del villaggio di zio Salvatore, due giovani pastori dormivano accanto al fuoco semi-spento. Fuori, vicino alla capanna, le vacche dormivano nell'ovile di pietre e di siepe, e la luna d'aprile, tramontando sull'occidente di un bel roseo flavo, illuminava la campagna sterminata, nera, chiusa da montagne nude, a picco. A un certo punto uno dei pastori si svegliò, e rizzandosi a sedere guardò se albeggiava. Visto che la notte era ancora alta ravvivò il fuoco, e, a gambe in croce restò un momento muto, immobile, tormentato da un pensiero; poi svegliò il compagno.

Erano entrambi bruni, simpatici e forti, ma il primo svegliato, che si chiamava Bellia, cioè Giommaria, era più alto e ben fatto, con una testa signorile che colpiva, e faceva chiedere se a chi apparteneva non era figlio di qualche ricco Don.

- Antonio? - chiamò, scuotendo il compagno per svegliarlo.

- Che c'è? Cosa accade?... - rispose Antonio, balzando a sedere inquieto e con gli occhi spalancati. - Che cosa c'è?...

- Nulla. Ti ho svegliato per dirti una cosa. Senti. È la terza notte che sogno il medesimo sogno. Io non credo ai sogni, ma perdio, quando si sogna per tre notti di seguito sempre la stessa cosa, c'è da pensare.

- Mi hai svegliato per ciò? - chiese l'altro con un sorriso scettico e di compassione. - Hai forse tu sognato che ti portavano alla forca?

- No - esclamò Bellia senza scomporsi. - Senti. Mi appare sempre in sogno una signora vestita all'antica, così credo io perché le signore ora son vestite diversamente, con un mantello di velluto bianco che la copre da capo a piedi. Ha il volto bianco come il suo manto, e gli occhi neri, enormi, con sopracciglia arcuate, folte e congiunte, e i capelli, pure neri, attortigliati intorno alle orecchie...

- Beh! Come le Olianesi! - esclamò Antonio con ironia, che si interessava poco a quel sogno e aveva molta voglia di riaddormentarsi.

- È sempre la stessa... tre notti di seguito, comprendi?

- Cosa diavolo ti fa? Sognare delle dame, perdio!

- Aspetta. Mi guarda a lungo, con quegli occhi severi bellissimi che mi fanno paura e meraviglia, e mi dice: «Bellia, cammina, cammina! Va nei campi di San Matteo, presso il bosco, vicino al torrente. Troverai una pietra di granito, a dieci passi dal torrente, presso il primo albero del bosco, il più grosso che c'è. Leva la pietra: troverai un'altra pietra fissa al suolo. Leva anche questa e vedrai una croce di ferro posta attraverso ad un buco. Bellia, cammina cammina, arriva oggi stesso: altrimenti i tuoi passi saranno perduti e il demonio s'impossesserà della tua fortuna».

Accidenti, che bel sogno! - gridò Antonio. Ma, nonostante la sua scettica ironia, egli sentì un brivido serpeggiargli per le reni. Nella sua infanzia aveva udito tante storie di tesori nascosti, custoditi dal diavolo che se ne impossessava, se dopo un certo tempo non venivano ritrovati, e nella sua prima giovinezza gli era accaduto un fatto strano di quel genere: una notte, fuggendo attraverso un bosco, inseguito dai carabinieri, perché allora egli latitava, imputato di un omicidio di cui più tardi era stato assolto, aveva veduto, al chiaro della luna, un mucchio di splendide stoffe, broccati, panni fini e sete, e due vasi pieni d'oro, e aveva chiaramente sentito una voce, uscente dal prezioso mucchio, dirgli: - Fermati, tutto è tuo, fermati! -. Ma, poco distante, egli udiva il passo dei carabinieri e gli era impossibile fermarsi: quindi proseguì la sua corsa. Scampato il pericolo, l'indomani tornò a quel sito, ma invece di stoffe trovò grandi pietre di granito nero in forma di pezze, e due tronchi bruciati che conservavano la figura di vasi.

Ad onta di tutto ciò egli, che credeva solo alla realtà delle cose, derise il proponimento di Bellia di recarsi, appena fatto giorno, al piano di San Matteo per cercare la pietra indicata dalla bianca dama del sogno. Ma l'altro, che non prestava anch'esso molta fede ai sogni, ma che ad ogni modo voleva assicurarsi, restò nella sua decisione per tutto il resto della notte e sarebbe senza alcun dubbio partito, se all'albeggiare, entrato nell'ovile, non avesse trovato una delle sue migliori vacche, ammalata: era una bella vacca grigia, alta e intelligente, a cui Bellia voleva bene più che al resto delle sue vacche, e che chiamava col dolce nome di Bella mia.

L'improvviso malore di Bella mia gli fece scordare lo strano sogno e il progetto di recarsi al sito indicatogli dalla dama. Andò invece al villaggio e condusse con sé un vecchio pastore che conosceva e curava ogni più grave malattia del bestiame. Ma neppure zio Lallanu poté conoscere che razza di male fosse quello di Bella mia. Era un mistero: si sarebbe detto che la vacca era avvelenata o che avesse qualche spirito maligno in corpo. Neppure il veterinario, neppure il medico condotto seppero dirne nulla. Tuttavia dopo qualche giorno Bella mia guarì improvvisamente, misteriosamente, come si era ammalata, e riprese a vagare tranquilla con le compagne, attraverso i campi freschi, tra i fieni odorosi di margheritine, con grande contentezza di Bellia che, naturalmente, non pensava più di andare lassù, nei piani rocciosi di San Matteo.

Qualche tempo dopo, però, Bellia e Antonio, cambiando le vacche da un pascolo all'altro, passarono per caso lassù. Era un lembo bizzarro di paesaggio: campi deserti e selvaggi di montagna, pieni di roccie e di felci, circoscritti da boschi di elci secolari e chiamati campi di San Matteo da una chiesetta pisana distrutta, là vicina.

I due pastori ricordarono il sogno o i sogni di Bellia, e Antonio fu il primo a proporre di guardare se c'era la pietra e l'albero sognato. Costeggiarono la riva del torrente asciutto, e arrivati vicinissimi al bosco, Bellia cambiò in volto di colore. Egli vedeva l'albero, il più grosso che si scorgesse, e vedeva la pietra di granito precisamente eguali come nel suo sogno!

- Perdio! Perdio! - disse, bianco in viso e con gli occhi scintillanti. Si slanciò sulla pietra ma da solo non poté smuoverla, Antonio lo aiutò e, dopo molti sforzi, riuscirono a scostarla: sotto Bellia vide l'altra pietra, più piccola fissa al suolo, come la dama bianca del sogno aveva detto!

Allora anche Antonio si turbò, e senza dir nulla, continuò ad aiutare il compagno che, livido, con le labbra frementi, smuoveva la terra con le mani, intorno alla pietra. Riuscirono a trar via anche questa, e si guardarono in viso, muti, stupiti, spaventati: là sotto c'era la croce di ferro del sogno, posta attraverso di un buco. Bellia gridò:

- Lo vedi? Lo vedi?... -. Con uno sforzo supremo sradicò la croce dal suolo e introdusse il braccio tremante nel buco, e ne trasse un gran vaso di ferro arrugginito. Non è possibile descrivere la commozione dei due pastori, e specialmente quella di Bellia. Senza dubbio il vaso era pieno di oro e di perle, Dio santissimo... Dio santissimo!...

Con la leppa, specie di grossissimo pugnale a una lama, che i pastori nel Logudoro tengono quasi sempre infilata nella cintura, Bellia fece saltare il coperchio del vaso, e allora ricordò le ultime parole della dama: «Arriva oggi stesso altrimenti il demonio s'impossesserà della tua fortuna». Il vaso era pieno di carbone e di cenere, sino in fondo!... Inutile ripetere i commenti, la meraviglia, il terrore dei due giovani pastori.

Restarono convinti che là esisteva un tesoro e che il demonio secondo la tradizione e la leggenda sarda, se lo era appropriato giacché al giorno preciso indicato da chi l'aveva nascosto (la dama bianca, di certo), Bellia non lo aveva levato di là. Ricordarono allora lo strano malore di Bella mia. Sì certamente era stato lo spirito dell'inferno a far ammalare la vacca prediletta di Bellia per impedirgli di recarsi a San Matteo.

I due giovinotti dalla fantasia calda e immaginosa come tutti i forti sardi della montagna, credettero fermamente a ciò, e ripresero melanconici la loro via, dietro le vacche viaggianti, rimpiangendo il tesoro perduto, terrorizzati dal soprannaturale; e non dissero mai a nessuno questa arcana avventura, finché un fatto accaduto più tardi, non li convinse più fermamente nella loro credenza.

Passarono cinque anni. Bellia, ammogliato e già padre di una graziosa bambina, viveva tranquillamente, modestamente, sempre facendo il pastore, quando un bel giorno di maggio del 1878 fu avvisato dal pievano che si recasse in casa sua. Bellia, che aveva poca relazione col vecchio pievano andò subito a trovarlo, pieno di curiosità su ciò che poteva dirgli.

Il pievano, di cui è inutile precisare il nome, morto dieci anni fa, l'attendeva nella sua piccola camera da letto, pulita e piena di luce; lo fece sedere vicino al suo seggiolone verde, poi andò egli stesso a chiudere la porta della stanzetta precedente, perché, ad ogni caso... le sue piccole nipoti erano così curiose... Maria specialmente. Basta. Prese tutte le precauzioni possibili, il pievano andò a sedersi nel suo seggiolone si accomodò gli occhiali e spiegò sul tavolo una carta gialla, vecchissima.

Bellia provava un vago sentimento di timore, davanti a tutti i solenni preparativi del vecchio pievano, e sussultò quando esso, tutto ad un tratto, gli disse con serietà:

- Questo foglio ti riguarda!

Il pastore cercò una risposta adeguata; ma non trovandola credette bene di star zitto.

- Io ho novant'anni, - proseguì il pievano, che pareva, sì, molto vecchio, ma che non dimostrava quell'età, levandosi gli occhiali e fissando Bellia coi suoi occhi chiari, che sembravano più buoni e lattei, sotto le sopracciglia bianche, - io ho novant'anni, figlio mio, e da circa settanta servo il Signore nel nostro villaggio. Non avevo ancora vent'anni quando celebrai la prima messa.

- Iddio lo faccia arrivare a cento! - esclamò Bellia.

- ... Lo stesso anno morì, vecchio esso pure, l'antico rettore della nostra chiesa, e pochi giorni prima di render l'anima al nostro Santissimo Creatore, mi disse: «Dopo la mia morte vi faranno senza dubbio pievano, quindi io devo affidarvi una grave missione. Sedete, che prima devo raccontarvi una storia». Io mi assisi al suo capezzale e, rimasti soli, il mio vecchio e venerato rettore mi narrò questo fatto:

«Trentacinque o trentasei anni fa, cioè verso il 1773 ci era qui, in questo villaggio, un giovinotto della famiglia M. la quale vive tutt'ora. Era un giovine ricco, bello, notaio laureato, sposatosi poco prima a una damigella della città di Sassari, dove egli aveva studiato. La moglie si chiamava Donna Maria Croce M***, figlia di un gentiluomo genovese e di una dama sarda, molto ricchi, stabiliti a Sassari, dove essa era nata. Poteva avere un venticinque anni, ed era molto bella, ma di una bellezza piuttosto severa con grandi occhi neri e sopracciglia arcuate, e i capelli attortigliati intorno alle orecchie, alla fiamminga come diceva essa. Inoltre andava sempre riccamente vestita e usava portare un manto di velluto bianco.

Forse a causa del suo strano vestire, che la rassomigliava a una fata, e perché sapevasi che suo padre si dilettava di fisica e di astrologia e che essa pigliava parte ai suoi esperimenti, appena arrivò qui si sparse subito la voce che malignamente diceva: Donna Maria Croce se la intende con gli spiriti; Donna Maria Croce ha stregato Don Gavino, il marito, e lo ha costretto per forza di una magia a sposarla, e simili cose dell'altro mondo.

Fatto sta che Don Gavino, prima di ammogliarsi con essa, faceva l'amore con un'altra ragazza del villaggio, di buona famiglia, sì, e anche bellina, ma povera come Gesù Cristo, chiamata Rosanna. Anzi, per non perder tempo, essendoci solenne promessa di matrimonio, Rosanna e Don Gavino si erano regalati una bella bambina. Fatto per cui la ragazza fu scacciata da casa sua, benché Gavino giurasse e spergiurasse di sposarla appena finiti gli studi.

Invece l'ultimo anno che passò a Sassari conobbe Donna Maria Croce: e vederla, innamorarsene, chiederla in isposa, sposarla e portarla quaggiù, fu tutt'uno.

Rosanna ne fece una grave malattia, ma non disse una sola parola di lamento. Ma erano passati appena sei mesi che Don Gavino si era sposato, allorché una notte rientrando a casa sua un uomo lo afferrò e nel buio della via lo uccise a stoccate. Toccò allora a Donna Maria Croce ad ammalarsi: e appena guarita, data di anima e corpo a cercare chi fosse l'assassino del marito, riuscì a scoprirlo in un giovinotto innamorato perdutamente di Rosanna, che gli aveva promesso la mano di sposa purché uccidesse Don Gavino. Donna Maria Croce lo accusò: fu arrestato, ma mancando le prove materiali del delitto, non ostante il denaro e la potenza della bella vedova, fu rilasciato libero.

Tuttavia la dama era sicura del fatto suo, e giacché la giustizia umana non la vendicava, decise di far vendetta da sé.

Un anno era passato dalla morte di Don Gavino, e in questo frattempo moriva anche il padre di Donna Maria Croce, lasciandola erede di un grosso patrimonio. Essa partì a Sassari, vendette tutto, poi ritornò qui. Il giorno di Pasqua Rosanna sposò. La chiesa era affollata, e tra la moltitudine spiccava Donna Maria Croce, vestita di nero, col manto bianco, e uno stiletto d'argento nella cintura, inginocchiata dietro la balaustrata dell'altare.

Quando diedi la benedizione agli sposi, la vidi alzarsi ritta, bianchissima in viso e gli occhi fiammeggianti. Rosanna e lo sposo erano appena scesi dai gradini dell'altare, allorché essa si slanciò su loro, e col suo stiletto pugnalò il giovine dicendo: - Vi rendo il vostro!...

Figuratevi il parapiglia, la confusione, le grida del popolo, e la scena che seguì. Rosanna svenne, poi si ammalò dallo spavento e morì dopo qualche mese, fra i più atroci rimorsi, giacché per causa sua erano morti due uomini. Donna Maria Croce fu arrestata, e benché a quei tempi la giustizia si facesse come si sia, non valse né l'oro, né le pratiche dei parenti, per diminuire la sua pena.

Fu condannata ad essere impiccata, e così fu.

Prima di morire mi fece avvisare e si confessò. Poi mi disse di aver nascosto tutto l'oro tratto dalla vendita del suo patrimonio, nel bosco di San Matteo, presso la chiesetta, in un vaso di ferro a piè di un albero. E mi confidò di voler lasciare questo tesoro alla terza generazione di Rosannedda, la figlia di Rosanna e di Don Gavino, affinché ciò servisse di qualche alleviamento ai suoi peccati, dinanzi alla misericordia di Dio.

- Questo è il mio testamento, - mi disse porgendomi una carta, - conservatela e alla vostra morte consegnatela al vostro successore, perché faccia altrettanto. Così dunque fino alla terza generazione di Rosannedda. Allora colui che avrà questa carta la consegni, pochi giorni prima della data indicatavi, al pronipote della fanciulla, ed egli vedrà il da farsi. Lo avverta però di recarsi il giorno preciso, perché se tarderà un'ora sola tutto sarà invano...

Pregai la dama di spiegarmi questa frase, ma essa non volle dirmi nulla a proposito, epperò quel giorno, Dio mi perdoni, credetti anch'io che essa avesse qualche relazione col mondo soprannaturale, perché quando le chiesi: - E se Rosannedda muore senza erede? - mi rispose:

- No! Si mariterà ed avrà una figlia che anch'essa piglierà marito dal quale avrà numerosa famiglia. Il figlio maggiore, in ultimo, avrà un figliuolo nei cui nomi ci sarà uno dei nomi miei. Questo è il destinato...

- E se, - domandai, - qualche altro cerca impossessarsi del tesoro?...

- Invano! Solo colui che voglio io lo troverà, purché anch'esso arrivi in tempo.

Donna Maria Croce non mi disse altro; mi consegnò la carta e da quel momento sino all'ora della morte non fece che pregare. Morì coraggiosamente, da buona cristiana, ed io la piansi come una figliuola.

Come essa aveva predetto Rosannedda, dopo molti anni, si maritò ed ebbe una figlia che vive tutt'ora, ed è una bella ragazza anch'essa che voi senza dubbio conoscete.

Io conservai il testamento di Donna Maria Croce, religiosamente, e mai mi venne il pensiero di accertarmi sulla verità di ciò che essa mi aveva confidato. Ora lo consegno a voi, secondo l'ordine suo, e voi farete altrettanto se, Dio nol voglia, non arriverete a conoscere l'erede».

- Ciò detto, - continuò il vecchio pievano, - il mio venerato precessore mi consegnò la carta che tu vedi qui, o Bellia.

Poco dopo esso morì, ed io, a mia volta, custodii per ben settanta anni questo prezioso segreto che nessuno conosce.

Sempre secondo la predizione di Donna Maria Croce, anche io vidi la bella figlia di Rosannedda maritarsi e procreare una numerosa famiglia. Il maggior figlio giunto il suo turno, si ammogliò, e suo figlio sei tu, Bellia, o Giovanni Maria, che infatti hai uno dei nomi di Donna Maria Croce. Ecco giunto il tempo. Io ti consegno il testamento e tu, senza l'aiuto di nessuno, puoi benissimo metterlo in esecuzione!...

- Io credo che sia troppo tardi! - esclamò Bellia, che durante il racconto aveva riflesso tutti i colori dell'arcobaleno, morsicandosi più di una volta le labbra per non dare in esclamazioni e per non mancare di rispetto al pievano, interrompendolo. - Anzi è troppo tardi davvero!...

- Come lo sai tu? - chiese il vecchio stupefatto.

Bellia raccontò la sua avventura di cinque anni prima.

Al pievano sembrò di sognare; aggrottò le placide sopracciglia bianche, inforcò nuovamente gli occhiali e lesse per la centesima volta il testamento, poi esclamò:

- Gesummio, Gesummio, cosa vuol dir ciò? Ecco che io ho seguito tutte le norme datemi; e qui c'entra senza dubbio il demonio. Senti il testamento: non è a dire che sia scritto in latino, né ispagnuolo e neppure in italiano. È scritto proprio in sardo, in logudorese. Leggilo tu stesso...

Bellia prese tremando la carta. Era un foglio di carta giallognola, grossissima, fregiata a ghirigori dorati. In un angolo c'era il sigillo del padre di Donna Maria Croce, con una corona da cavaliere e un D. un E. e un M. intrecciate a una piccola spada, una specie di stocco: il tutto in oro vecchio, un po' sbiadito dal tempo.

Il bizzarro testamento era davvero scritto in logudorese, con una calligrafia antica, grossa, incerta, tuttavia leggibile, e Bellia lo lesse a voce alta, sillabando, con l'accento che gli tremolava un poco:

Diceva così:

«Deo, sutta-iscritta, Donna Maria Rughe M***, viuda de Don Gavinu M***, declaro de lasciare in testamentu a su nepode de sa fiza de Rosannedda R***, fiza de Rosanna R*** e de su biadu de maridu meu, su tesoro cuadu sutta s'alveru pius mannu de su buscu de Santu Matteu, su primu chi si aghatat a deghe passos dae su riu; e chi andet a lu reguglire sa die 20 de maiu de s'annu 1878, poite si no non bi aghattat nudda, e chi preghet pro s'anima mea, e faghat narrer missas de suffragiu.

Donna Maria Rughe M***

viuda de Don Gavinu M***».

Sarebbe troppo lungo riferire tutti i commenti e le ciarle che Bellia e il pievano fecero. Per accertarsi meglio Bellia, il venti maggio, tornò a San Matteo e rifrugò sotto a tutti gli alberi, ma non trovò nulla.

Per spiegare il mistero diabolico, il pievano mandò il testamento a tutti i suoi amici letterati, sacerdoti e laici, ma nessuno seppe dirne nulla.

Finalmente la bizzarra carta capitò a un giovinotto del villaggio, nipote di zio Salvatore che studiava nel seminario di Nuoro, e che, oltre le altre doti, era un eccellente calligrafo. Ed egli spiegò l'enigma. L'ultimo otto del 1878 del testamento, non era già un otto, ma un tre. Le lineette del davanti erano fatte in modo da rassomigliarlo ad un otto, e così il vecchio pievano si era sbagliato di cinque anni nel dar l'avviso a Bellia!

IN SARTU (Nell'ovile)

Zio Nanneddu Fenu aveva l'ovile dalla parte di Tresnuraghes, cioè quasi due ore distante da Nuoro, in una bella tanca dove l'erba durava fresca sino al mese di giugno. Ogni due o tre giorni la moglie o la figlia, la simpatica Manzèla, si recavano a piedi, da Nuoro all'ovile di zio Nanneddu, per godersi una giornata di sole e portare delle vivande al vecchio pastore.

Bustianeddu, il piccino della famiglia Fenu, un cosino alto tre dita, nero-bronzeo nel volto grazioso e maligno, con gli occhi tanto grandi da toccargli le orecchie, e che tutti, compresa sua madre chiamavano Tilipirche, era per il solito, il compagno di viaggio delle due donne. Senonché egli andava a cavallo. Questo cavallo, che era poi una cavallina poco più alta di Bustianeddu, sterile, vecchia, dal lungo pelo grigio e gli occhi pieni di una profonda melanconia, formava una parte, cioè un personaggio importantissimo, in casa Fenu. Si chiamava Telaporca e forse dal suo derivava il nomignolo di Bustianeddu.

Fatto sta che Telaporca e Tilipirche passavano quasi tutta la vita insieme. Ogni sera, all'imbrunire, e ogni mattina all'albeggiare, si vedeva il piccolo pastore trottare allegramente su la pensierosa cavallina, attraverso lo stradale e le tanche deserte che conducono da Nuoro a Tresnuraghes, o nei sentieri erti e rocciosi di Marreri, dove zio Nanneddu calava con le greggie nella stagione cruda.

Dacché era cresciuto Tilipirche, zio Nanneddu non si muoveva più dall'ovile: era il piccino che andava e veniva, che recava i viveri da Nuoro all'ovile, e il latte, la ricotta e i formaggi dall'ovile a Nuoro. La cavallina era naturalmente il mezzo di trasporto: aveva una piccola sella di cuoio nero e di legno, antichissima, e la bisaccia tanto grigia e consunta da confonderla col suo pelo. Tilipirche cavalcava meravigliosamente e andava su per i sentieri assiepati di rovi e di lentischi, a occhi chiusi. Quando la bisaccia non era troppo pesante il piccino caricava in groppa o sul davanti di Telaporca un buon fascio di legna, rami di ginepro o cottichina, cioè radici legnose di lentischio, e se non poteva più, portava a casa cinque o sei scope di ginestra e di timavo, che lasciavano il profumo dietro i passi lenti e cadenzati della bizzarra cavalcatura.

Ogni due o tre giorni, dunque, o almeno una volta alla settimana, zia Ventura o la bella Manzèla si recavano all'ovile per visitare zio Nanneddu, - che invecchiando diventava un vero cinghiale, - e godersi il sole in pianura.

Si portavano il cucito, o dei panni da lavare nel ruscello, che attraversando la tanca stagnava in parecchi punti, formando così dei piccoli laghi verdi circondati di giunco e di nepitella freschissima, e ultimamente, anzi, zia Ventura s'era impossessata di un pezzetto di terra sempre umida, e ci aveva ficcato una enorme quantità di patate, poi una siepe alta di pomidoro e fagioli, che coltivava con immensa cura e passione.

Qualche volta le due donne si fermavano ben anco a dormire nell'ovile: dacché aveva escogitato la professione di ortolana, zia Ventura pareva ammaliata, e se scorrevano più giorni senza che avesse visitato quel benedetto luogo pareva ne morisse. Manzèla si stizziva, la sgridava, dicendole che ora non faceva più faccende in casa, con questa passione, ma zia Ventura la lasciava cantare, e ritornava lo stesso lassù, nella sua coltivazione prosperosa. La ragazza un giorno le minacciò di sradicarle tutto; allora zia Ventura si raccomandò a Pedru Chessa, - un altro pastore che pascolava, in comune a zio Nanneddu, la grande tanca, e che nella notte si ritirava alla stessa capanna, - si raccomandò pregandolo di tener d'occhio Manzèla allorché si recava lassù.

- Perché non lo dite a vostro marito? - chiese Pedru Chessa.

- Eh già! Lui fa tutto ciò che vogliono i ragazzi: se vede Manzèla a sradicare il mio orto si metterà a ridere.

- Beh! Darò io attenzione. Se la vedo... cosa devo fare?

- Dalle magari una iscavanada, che non ti veda Nanneddu.

Una mattina di maggio Bustianeddu e Manzèla trottavano allegramente verso l'ovile. Trottavano, cioè, per modo di dire, che il solo a trottare era Bustianeddu sulla sua cavallina.

Il piccino non aveva alcun istinto cavalleresco, e perciò non cedeva mai il suo posto, neppure alle donne. Ma Manzèla camminava più lesta di Telaporca, ed era capace di attraversare tutta la Sardegna a piedi.

Via, via, per lo stradale bianchissimo, attraverso le fresche pianure verdi, coperte di margherite e di campanule agresti, sotto il sole ardente, i due ragazzi andavano chiacchierando e ridendo. Manzèla si era scalzata, e tuffava quasi con gioia i piedi nudi tra l'erba rugiadosa, emettendo ogni tanto un'imprecazione, quando le spine dei cardi molli, nascenti sotto il fieno, le pungevano le gambe.

Niente di più grazioso di Manzèla allorché nominava i diavoli, o faceva qualche smorfia per dispetto. La fanciulla era una vera figlia del popolino nuorese, piena di malcreanza, di grazia inconsapevole, e di seduzioni bizzarre. Diceva tutto ciò che le saltava in testa, mentiva con la massima disinvoltura, e dava la sua persino ai santi.

Del resto era divotissima, si confessava spesso, e nelle ore di cattivo umore desiderava ardentemente la morte. Ma gli scapolari che teneva al collo e la piccola medaglia che zio Nanneddu le aveva portato da Roma, - sì, precisamente da Roma, quella volta che era andato per testimonio nel famoso processo dei sardi, datagli da un prete, che egli riteneva fosse il papa - non le impedivano di imprecare ad ogni minuto.

Manzèla aveva diciotto anni. Veramente essa dai sedici anni non si moveva più adducendo per prova i tredici di Bustianeddu, ma in realtà ne contava diciotto. Era sottilissima e piccola, coi capelli neri divisi in due bande sulla fronte un po' bassa, e alla sua carnagione bianca il sole e l'aria avevano dato quella tinta calda, dorata, e diremo quasi bionda, delle razze latine confinanti alle more.

In casa Fenu c'era la specialità degli occhi grandi, e Manzèla, poi ce li aveva enormi. Due strani occhi leggermente chiari, senza esser bigi, pieni di una falsa ingenuità, e di sorrisi vaghissimi. Manzèla si valeva ad ogni istante dei suoi occhi, rendendoli dolci, o spauriti, od attoniti, a piacere, e allorché era adirata li chiudeva un po', sapendo che allora erano terribili. Con tutto ciò essa non era maligna: si credeva di esserlo, ma non lo era, come non era cattiva, benché Bustianeddu glielo ripetesse ogni istante. Anche quella mattina, venuti a parole lungo la via, il piccolo pastore le ripeté: - Sei cattiva!

Manzèla non poté sopportarlo e picchiò con un gambo di ferula la groppa della cavallina che si mise a correre pazzamente attraverso il piccolo sentiero erboso. Ma Bustianeddu si tenne fermo, e quando poté far calmare la bestia, si voltò indietro ridendo a squarciagola e apostrofò la sorella chiamandola: - Feruledda, Feruledda!

La ragazza si mise a correre, decisa di lanciargli un sasso, ma in quel punto apparve un uomo, nel verde di una macchia, e la fermò gridandole: - Ohé, Manzèla, da queste parti? -. Era Pietro Chessa che veniva pur esso da Nuoro, e che seguiva i due ragazzi da più di mezz'ora.

- Sì, da queste parti! - rispose Manzèla con una smorfia. - Eri da molto senza vedermi, da queste parti!

- Eh, sì, da avant'ieri!

Proseguirono insieme la via. Bustianeddu andava sempre avanti, temendo qualche tiro della sorella, e cantava in dialetto. La sua vocina stridula, ma cadenzata, si smarriva in lontananza, per le macchie che chiudevano la pianura, fra il ronzio delle mosche nascoste nei fieni alti, immobili al sole. Pietro e Manzèla seguivano. La ragazza esponeva al giovine tutte le cattiverie, e le male azioni di Bustianeddu. Oramai non poteva sopportarlo più, e il momento che le cascava sotto le unghie doveva scorticarlo vivo. Ma Predu quasi quasi non l'ascoltava. Con gli occhi fissi nel vicino orizzonte, chiuso dalle alture su cui imperano rovinati i nuraghes che dànno il nome a quella cussorgia, - quella appunto ove si trovava l'ovile suo e di zio Nanneddu, - nella linea del cielo d'un azzurro così profondo e cupo da parer tristissimo, Predu pareva immerso in un sogno.

Egli era pazzamente innamorato di Manzèla. Dacché zia Ventura l'aveva pregato di tener d'occhio la fanciulla, egli non provava un momento di pace e di calma. La figurina di lei gli si era impressa sulla retina degli occhi, e la vedeva da per tutto, nel verde sconfinato della pianura, nel cielo implacabilmente azzurro, di giorno e di notte.

Di notte, anzi, allorché le greggie vagavano per le macchie silenziose, riempiendo la serenità lattea del plenilunio con la musica monotona delle loro campanelle, Pedru, muto e assonnato, invaso da una intensa melanconia, scorgeva Manzèla in ogni punto, fra i giunchi scintillanti alla luna, nella capanna, sui nuraghi neri e nelle fratte.

Già, da appena l'aveva conosciuta, egli se n'era innamorato, ma ora, ora il suo amore, raggiungeva la pazzia; egli scoppiava per poco. E facendo i suoi calcoli Predu si era deciso a spiegarsi e chieder Manzèla in isposa. Cosa gli mancava? Era un buon pastore, giovine, forte, bello; possedeva gregge e qualche pascolo, e poteva metter su casa senza timore alcuno. La fanciulla era molto giovine ed inesperta, ma poco ciò importava. Si poteva attendere o due o tre anni per isposarsi: ciò che importava era il procurarsene l'amore. Quella mattina Predu, vistosi solo al fianco della ragazza, pensava e ripensava al modo con cui spiegarsi, ma non una parola poteva uscirgli dalle labbra, e il cuore gli batteva così forte da spezzarglisi sotto il giubbone di velluto.

A momenti mentr'essa chiacchierava sparlando di Bustianeddu, il giovine era tentato di interromperla gridandole in alto il suo segreto, ma appena staccava le labbra, una specie di torpore ardente gli invadeva la testa velandogli lo sguardo e costringendolo quasi a cadere per terra.

Pure, alla fine, dovette decidersi. In lontananza appariva già la capanna e la tettoia di frasche secche dove i pastori meriggiavano, e Bustianeddu, gettando per l'aria l'ultimo trillo della sua canzone s'era slanciato al galoppo verso l'ovile.

Il sole, già alto, dardeggiava la pianura, e Predu sentiva il sangue ondeggiargli ardente, a sbalzi, a meandri, a vampate, infiammandogli il viso e la testa.

Manzèla invece, tirato il fazzoletto su gli occhi, proseguiva tranquilla, col viso dorato, composto come quello di una madonnina latina del Quattrocento. La luce intensa dell'aperta campagna dava un riflesso chiarissimo ai suoi grandi occhi, rendendoglieli quasi grigi e trasparenti, e Predu, guardandola intensamente, si sentiva morir dalla voglia di prendersela fra le braccia, come un piccolo agnello bianco e spaurito, e di coprirla di baci.

- Manzè - le disse alla fine, fermandosi di botto all'ombra di un'altura che nascondeva la capanna, e sotto cui si insinuava il piccolo sentiero tracciato sull'erba. - Manzè, ho da dirti una cosa.

Siccome per tutta la strada era rimasto silenzioso, la fanciulla lo guardò stupita e si fermò anch'essa all'ombra.

C'era un fresco incantato, là sotto. Dai massi sovrapposti dell'altura piovevano grandi grappoli di rovi verdeggianti e di biancospino fiorito. Le rose canine, diafane, sfumate in colore d'ambra, olezzavano acutamente, e il ruscelletto attraversava gorgogliando il sentiero per poi sparire tra le alte ferule anch'esse fiorite, di cui Manzèla teneva ancora un grosso e lungo gambo fra le mani.

Improvvisamente Predu si era fatto bianco in volto, bianco come i fiori della ferula e degli spini, e la fanciulla lo guardò quasi spaventata, credendo si sentisse male.

- Ebbene, cosa hai? - gli domandò.

- Senti, - cominciò egli, - ami tu qualcheduno?...

- No... ma cosa te ne importa?... - disse Manzèla scoppiando in un'alta risata. Senza altre parole ella comprendeva già a che Predu voleva concludere, e rideva... rideva... rideva perché questa storia non la sospettava neppure, perché non aveva mai pensato ad un probabile amore fra lei e il giovane pastore. Egli la lasciò ridere e proseguì, rinfrancandosi a poco a poco, o meglio riscaldandosi:

- C'è un giovine che ti vuol bene e ti sposerebbe volentieri... Se tu credi di accettarlo, Manzèla...

- Sei tu, non è vero? - chiese essa francamente, guardandolo negli occhi e battendogli scherzosamente la ferula su una spalla. Pietro sussultò e un lampo gli rifulse negli occhi neri.

Ah, dunque, Manzèla lo amava? Sì, altrimenti non si sarebbe comportata così. Dopo tante ansie e tanti timori una felicità immensa veniva nell'animo di Predu, così inattesa e luminosa da togliergli la ragione e il sentimento di sé stesso.

Ma a un tratto mandò un acuto grido che risuonò per tutta la pianura. Che era stato? Una cosa semplicissima.

Nell'ardore della gioia, Predu, quasi inconsapevolmente, aveva cercato di abbracciare Manzèla, ma la fanciulla, che non la intendeva così, dando un passo indietro, gli aveva percosso ferocemente il volto con la sua ferula.

Un colpo, una staffilata terribile, incredibile anzi.

La pelle bruna del giovine si era lacerata, quasi colpita da scheggie di pietra, e sanguinava.

Ma il dolore acuto, la vera ferita era all'occhio. Predu aveva creduto di morire, e se fosse stato altri che Manzèla a fargli quella azione, egli sarebbe corso alla capanna in cerca del suo archibugio o della sua leppa. Ma con lei cosa ci poteva fare? Passato il primo dolore si chinò, senza pronunziar verbo, sul rivoletto, e si lavò il viso, poi trasse di tasca un pezzo di fazzoletto e si asciugò il sangue che scorreva, macchiandogli la barba, la camicia ed il giubbone.

Manzèla tremava, convulsa: le pareva di aver commesso un delitto, ed ora toccava a lei diventar bianca come i fiori della ferula. Sulle prime fu per fuggire, ma poi, visto che Predu non si lamentava, gli si avvicinò balbettando mille scuse. - Fa vedere, - gli disse stendendo le mani, - fammi vedere. Cosa ti ho fatto, cosa ti ho fatto?

E voleva esaminare la ferita, ma Predu la respinse, senza dir parola. Mentre Manzèla continuava a guardarlo, torcendosi le mani per la disperazione, giunse correndo Bustianeddu, chiedendo che cosa era successo.

- Niente, - rispose Predu, - son caduto e mi son ferito qui... E riprendendo la via mostrò la ferita al piccino.

Manzèla li seguì. Non rideva più, non ricordava più in che mondo si fosse. Ah, insieme al sangue, ella aveva veduto delle lagrime scendere dagli occhi, dai poveri occhi di Predu Chessa!

... Allora avvenne una strana cosa. Da quel giorno Predu diventò burbero e selvaggio come zio Nanneddu. Non tornava più a Nuoro, non parlava, non cantava, non rideva più.

E neppure sognava. Nelle notti calde e stellate di giugno, quando per l'aria immobile della pianura vaporeggiava il profumo delle prime stoppie e dei reas rosseggianti nel fieno dissecantesi, egli non vedeva più Manzèla davanti a sé, e il tintinnio delle greggie pascolanti gli dava solo dei ricordi amari e il rimpianto di sogni smarriti.

Quando la fanciulla veniva all'ovile egli non la guardava neppure. Oh, poteva benissimo sradicare tutta l'ortaglia di zia Ventura: egli non si sarebbe mosso dalla tettoia, o dalla capanna. Certe volte anzi, quando vedeva spuntare il fazzoletto oscuro o il corsetto rosso della ragazza, egli se ne andava lontano, al di là dei nuraghi, e spariva tra le macchie, come un bandito.

Eppure Manzèla ora era piena di gentilezze con lui. Lo chiamava compare Predu, e domandava di lui, ogni giorno, a Bustianeddu. Inoltre moltiplicava le sue visite all'ovile, e si interessava di ogni cosa. Restava entro la capanna allorché Predu preparava il formaggio, lo aiutava ad infuocare le pietre che servivano a coagulare il latte, e non lasciava scappar nessuna occasione per ricordargli l'avventura della ferula. Ma lui zitto, sempre zitto. La lasciava fare, non rispondeva nulla, non le faceva alcuna osservazione, non le dava uno sguardo.

Che cosa succedeva fra quei due esseri bizzarri?

Nulla di meraviglioso, o meglio, sì, una cosa meravigliosa, un dramma intimo e interessantissimo.

Manzèla amava perdutamente Predu, e Predu non l'amava più. Manzèla gli faceva la corte, ma lui non ci badava, anzi ne provava un disgusto infinito, e un acre piacere, il piacere della vendetta. Ah, ella gli aveva frustato il volto... sì, andava benissimo, era nel suo diritto di ragazza onesta, ma ora lui le avrebbe sferzato il cuore, glielo avrebbe fatto sanguinare come ella aveva fatto sanguinare il suo viso.

Non attendeva che l'occasione propizia.

Intanto Manzèla si consumava di passione e di rimorso.

Quelle lagrime vedute scorrere sulle guancie del forte pastore, - che probabilmente non aveva pianto altra volta in vita sua, - le tornavano in mente ad ogni minuto, e la scena dolorosa le si ripeteva quasi ogni notte in sogno.

Si fece divota più che mai e pregava sempre, pellegrinando alle chiese di Valverde e del Monte, per chiedere alla dolce Signora del Cielo la pace per la povera anima sua.

Ma la pace non tornava, non tornava più. Il sorriso si era spento sul suo bel viso dorato, che nel pallore della tristezza diventava quasi brutto, con tinte terree e cadaveriche, e gli occhi le si erano fatti neri, offuscati da un velo di misteriose malinconie.

Tutti si accorgevano del suo cambiamento, e zia Ventura giurava che Manzèla era stregata. A furia di sentirselo ripetere, la bimba ci credé anche lei, e dovettero assoggettarsi alla cura per questa speciale malattia.

Sa medichina e s'istria, la faceva zia Peppa Frunza, la medichessa del vicinato. Prima misurò Manzèla per lungo e per largo, e da questa misura resultò evidente che la fanciulla era stregata da tre mesi. Zia Peppa allora accese un fuoco, gettandovi il filo con cui aveva misurato Manzèla, del rosmarino, delle piume di strige e tanti altri ingredienti miracolosi, e fece saltarlo per tre volte alla malata, mentre lei recitava misteriose preghiere.

Questa cura speciale si rinnovò molte volte, finché a zia Peppa parve che Manzèla fosse guarita. Ma già! La ragazza era e restò innamorata di Predu. Andava come una pazza, e non trovava calma in alcun posto, solo lassù, lassù, a Tresnuraghes nell'ardore del sole che dilagava sui fieni biondi, tra le ferule secche e i cardi e le stoppie che scintillavano d'oro.

Lassù c'era Predu che non rideva né cantava mai, che si era lasciata crescere la barba, che era più bello che mai con i sopraccigli aggrottati e le labbra chiuse.

Persino zio Nanneddu si accorgeva della pazzia di Manzèla, e benché la amasse teneramente, con tutta la tenerezza del suo carattere chiuso e selvaggio, si risentiva della sua condotta. Ma che fare? Privarla di andare all'ovile? No, ché neppure lui poteva star due giorni senza vederla.

Pensa e ripensa si decise a cambiar di pascolo, e lasciare, mediante compenso, i pascoli di Tresnuraghes tutti a Predu. Fece tutto alla chetichella, e quando ogni cosa fu combinata, disse a Manzèla, una sera di agosto:

- Di' a tua madre che domani cambio le greggie al monte.

- Anche Predu? - chies'ella ansiosamente.

- No, egli resta qui tutto l'autunno...

Essa non disse nulla, ma nella disperazione che la colpì prese una grande decisione, e andò in cerca del giovine.

Non si vedeva in nessun posto. Nella immensa calma ardente del pomeriggio la pianura pareva dormisse. Le pecore stavano assopite nell'ombra delle macchie, e il confine del paesaggio sfumava in linee quasi gialle, confuse con l'orizzonte d'un azzurro grigiastro e vanescente.

Dopo molti giri Manzèla vide Predu in lontananza. Nella luminosità del sole pareva una macchietta nera e lontana, ma ben presto la fanciulla lo raggiunse e gli si avvicinò. Tremava come una foglia: il caldo, la corsa e l'emozione le imporporavano il viso e le labbra. Così con gli occhioni spaventati, i capelli scomposti sotto il fazzoletto che slegato le scivolava dalla testa, Manzèla diventava bella come pochi mesi prima, più bella ancora, tanto che Predu la guardò sussultando.

- Ebbene, - le chiese, - perché corri così come una pazza? Cosa c'è?

- È vero che babbo se ne va e tu resti qui? - domandò lei ansante. E lui freddo: - Pare così!

- E dunque... te ne vai... senza dirmi chi era quel giovine che...

Egli non la lasciò proseguire. E con uno scoppio d'ira, di passione e d'odio nella voce gridò: - Ero io!

Manzèla ne fu annichilita. Ora perdeva ogni speranza, ora vedeva bene che Predu l'odiava a morte. Ah, non ne poteva più, non ne poteva più! E lasciandosi cadere su una pietra, al sole infuocato di agosto, scoppiò in pianto.

Predu a quella scena, cambiò di colore e provò una sensazione che non era certo quella che si aspettava dalla sua vendetta. Tutto il sangue gli affluì al viso; eppure, davanti allo schianto di dolore della fanciulla non trovò che una stupida domanda: - Cosa diavolo hai, Manzèla?

Ma essa non rispose. Predu si allontanò rapidamente e ben presto formò di nuovo una macchietta nera perdentesi in lontananza, nel bagliore della pianura silenziosa.

Manzèla continuò a piangere sulla sua sventura e sul suo amore disperato, ma quando - stanca di piangere - tornò verso la capanna, zio Nanneddu la prese in un cantuccio, sotto la tettoia di frasche e le disse:

- Manzè, Predu Chessa ti vuole per isposa!

IL PADRE

Ritto sovra un ciglione erboso, quasi sull'orlo dello stradale, Jorgj Preda, soprannominato Tiligherta, aspettava da più di un quarto d'ora la sua piccola innamorata, Nania, la figlia del cantoniere.

Facevano all'amore da una ventina di giorni, cioè da appena si erano conosciuti. Nania passava sullo stradale ogni giorno, verso le due, andando al ruscello per recar l'acqua alla cantoniera, e Jorgj l'attendeva sul ciglione facendo vista di guardare le pecore che a quell'ora meriggiavano tra le macchie, sotto il bosco di soveri.

Appena Nania spuntava nel biancore desolato dello stradale, Jorgj scendeva giù dal suo osservatoio e si metteva all'ombra, dietro il ciglione, ove Nania, con in testa la lunga anfora fiorita, che pareva un'anfora etrusca, lo raggiungeva, tutta piena di amore e di paura.

Perché, certamente, se il babbo l'avesse scoperta a far l'amore con Jorgj le avrebbe rotto le costole. A quell'ora zio Gavinu Faldedda schiacciava il suo solito sonnellino o si tratteneva a coltivare il campicello attiguo alla cantoniera, tuttavia non c'era da fidarsi.

I due ragazzi chiacchieravano per cinque o sei minuti, divorandosi con gli occhi, ma senza toccarsi neppure la punta delle dita; poi Nania proseguiva pensierosa la sua strada e Jorgj s'internava nel bosco, sospirando angosciosamente.

Egli si sentiva, certo, altero e felice di possedere una innamorata tutta sua, là, lontano dall'abitato, in completa solitudine, ma la sua felicità era tutt'altro che intera.

Prima di tutto c'era quello spasimo di zio Gavinu, - che non pensava punto a maritar Nania con un ragazzaccio come Jorgj, - e poi... tanti altri poi... infine. Basta, Jorgj, in attesa della leva e di altri malanni, si sarebbe contentato di aver almeno un bacio da Nania, ma questo era il peggio, quello che più lo faceva sospirare. La piccina non aveva alcuna intenzione di baciarlo e lui non osava toccarle neanche l'orlo della gonnella. Quel giorno però Jorgj Preda era deciso di abbracciarsela tutta e dirle: - Ma se non si baciano gli innamorati chi vuoi che si baci?

Ma giusto appunto quel giorno Nania non si vedeva più.

Sempre ritto sul ciglione Jorgj cominciava ad inquietarsi, perché dall'ombra proiettata in terra dalla lunga pertica che teneva in mano si accorgeva che le due erano trascorse.

Jorgj Preda, che si chiamava comunemente Tiligherta, era di Bitti e poteva avere diciannove anni.

Guardava, insieme ad un altro vecchio pastore nuorese, le pecore di un ricco possidente pure nuorese, e i pascoli dove erano stazionati si stendevano vicini ad una delle cantoniere dello stradale di Bitti.

Jorgj poteva dirsi un bel ragazzo - egli si credeva un uomo maturo - alto e muscoloso, benché sottile, coi capelli nerissimi e il profilo perfetto; uno di quei profili scultori, della migliore scuola greca, come se ne vedono solo dalla parte di Bitti e d'Orune. Ma aveva la pelle troppo annerita e indurita dal sole e dal freddo, e la dolce linea della sua bellissima bocca, dalle labbra sottili e i denti di smalto, non leniva la durezza dei suoi occhi neri, annuvolati e quasi tetri.

Allevato a Nuoro, Jorgj, parlava il nuorese con una lontana reminiscenza della sua pronunzia nativa, ma conservava il costume del suo paese quasi tutto nero, coi calzoni di orbace bianco stretti, un po' laceri e sporchi.

Dacché aveva scoperto la cantoniera e s'era innamorato della piccola figlia di zio Gavinu, Jorgj Tiligherta si lavava il viso e le mani e cercava di pulirsi, ma ciò nonostante rimaneva nero come il demonio e i suoi scarponi e la sua berretta esalavano sempre un profumo pastorale poco voluttuoso.

E Nania non si vedeva ancora. Mille brutti pensieri agitavano lo spirito irrequieto del giovine pastore, facendosi più dolorosi a misura che l'ombra della pertica si stendeva sull'erba fresca del ciglione.

Jorgj, con gli occhi semichiusi, restava impalato lassù, fissando acutamente l'estremità dello stradale, e nessun'anima umana passava attraverso l'immenso spazio della campagna circostante.

Nel dolce meriggio di aprile i boschi di soveri, di cui è coperta la selvaggia pianura, intricati di cisti, di corbezzoli, e di vepri, tranquilli e silenziosi, avevano nelle foglie fresche come il riflesso del cielo di un azzurro perlaceo, e si stendevano così a perdita di occhio, sino alle vanescenze dell'orizzonte, chiuso da montagne lontane, di un azzurro più oscuro ma più vaporoso. Dal sito ove stava Jorgj si scorgeva appena il tetto della cantoniera, dal cui fumaiuolo si innalzava una lunga spira di fumo diafano, ma non si vedeva punto la capanna dei pastori, molto più lontana, nell'interno fitto del bosco.

Lo stradale serpeggiava per la pianura, fra i boschi, come un alveo asciutto e disseccato dal sole, e l'erba cresceva ai suoi lati ancora alta e bella, perché la greggia, che possedeva tanto pascolo nell'interno della pianura, non si era avanzata sin là.

Nania non veniva, Nania non compariva più. Gli occhi di Jorgj, che poco prima splendevano in un modo insolito al pensiero del bacio che avrebbe dato, volere o no, alla sua piccola innamorata, andavano rabbuiandosi sempre più e quasi si velavano di lagrime. Ah, San Giorgio mio, qualche cosa doveva esser successo. Forse Nania era malata, forse zio Gavinu, avea fiutato qualcosa e non la lasciava più andare all'acqua, forse... Jorgj si disponeva a lasciar il suo posto di attesa e recarsi alla cantoniera, con qualche pretesto, come ci si recava sempre, quando udì il galoppo di due cavalli, e vide passare, avvolti in un leggero nembo di polvere due bei signori a cavallo, che non si degnarono neppure di guardarlo.

Anch'egli, che vedeva spesso gente attraversare lo stradale, non fece gran calcolo di loro, scese dal ciglione e si avviò. Ma a metà strada si fermò, trasalendo. La vista della lunga anfora fiorita che egli conosceva tanto bene, gli fece battere violentemente il cuore, ma per poco. Non era Nania che la portava in testa, non era Nania che si avanzava sulla triste bianchezza dello stradale, col fazzoletto giallo cadente disteso sulle spalle e fiammeggiante al sole. Era la piccola sorellina, Arrosa (Rosa).

- Perché vai tu all'acqua, oggi? - le gridò Jorgj quasi adirato.

Invece di rispondergli, Arrosa, una monella della peggior specie, appena lo riconobbe cominciò a strillare, per farlo stizzire:

Tiligherta, tiligherta

mamma tua est in gherta,

babbu tou est morinde,

tiligherta baetinde...

Ma egli non vi badò e ripeté la sua domanda, meno duramente, avvicinandosi alla piccina.

Arrosa, temendo la picchiasse, gli fece allora un bel sorriso e gli rispose: - Perché Nania sta lavorando.

- E cosa sta facendo?

- Sta lavorando perché vengono l'impresario e l'ingegnere. Non li hai veduti a passare?

- Ah, erano quei due signori? Ci vengono molto spesso?

- Così! Delle volte spesso e delle volte poco. Cosa te ne importa?

Jorgj pensò di accompagnare la piccina al ruscello per saper qualche cosa su quei signori che già lo ingelosivano e lo indispettivano, perché a causa loro non aveva veduto Nania, quella sera. Passando vicino al ciglione indicò le pecore ad Arrosa dicendole:

- Lo vuoi un agnellino, un agnellino bianco come dente di cane?

Arrosa credette la pigliasse in giro e per vendicarsi ripeté la battorina della tiligherta, cantandola tutta in un miscuglio di nuorese, di campidanese e di ozierese, ma Jorgj le ripeté così seriamente la proposta che riuscì poi ad aver molti particolari sui due signori.

L'impresario era nuorese e l'ingegnere, quello con la barba bionda, continentale.

Quest'ultimo Arrosa lo conosceva da molto, da molto tempo. Ogni volta che veniva alla cantoniera regalava del bel danaro a Nania, che parte lo dava al babbo, e parte se lo nascondeva entro un sacchettino, sotto i materassi: e a lei, ad Arrosa, non dava mai nulla, mai... Perciò non lo poteva vedere.

- Come si chiama? - chiese Jorgj, facendo una smorfia significantissima.

- Signor Guglielmo...

- Restano lì a dormire?

- Sì.

Ad un tratto Jorgj piantò la piccina e se ne andò, cupo in viso.

- Tiligherta, - gli gridò Arrosa, - ricordati l'agnellino, l'agnellino...

Ma egli non rispose e in breve scomparve sotto il bosco. Una terribile gelosia lo tormentava. Tornò all'ovile, ma si sentiva così di malumore che si bisticciò con zio Concafrisca, l'altro pastore, e quasi quasi venivano alle mani. Riprese a battere il bosco, trascinando la sua tristezza per le macchie di cisto odoranti, al dolce tramonto, di rosa, e non poté far nulla per tutta la sera.

All'imbrunire si avvicinò alla cantoniera, ma non ebbe il coraggio di entrarvi. Per lung'ora vi si aggirò intorno, come un'anima dannata, ma solo di notte poté accostarsi.

Benché dal fumaiolo s'innalzasse ancora una sottile striscia di fumo perdentesi nella vaporosità della fresca notte di aprile, la porta era chiusa, chiuse le finestre e un grande silenzio regnava intorno. Dalla finestra della camera dell'ingegnere, a pian terreno, sfuggiva la luce del lume che descriveva un quadrato luminoso sullo stradale.

Jorgj Preda si avvicinò e vide, attraverso i vetri, il signore dalla barba bionda, quello che Arrosa aveva detto esser l'ingegnere, in maniche di camicia.

Probabilmente si preparava ad andar a letto. Era alto e magro, biondo e con gli occhi piccoli, di cui non si distingueva il colore, stretti agli angoli in un modo bizzarro che dava un'espressione simpatica a tutta la sua fisionomia. Un bell'uomo, infine, che poteva esser vecchio, non si sapeva precisamente distinguere.

Jorgj lo divorava con gli occhi, allorché vide entrare Nania. Un fremito agitò tutta la sua persona e, inconsapevolmente, diede un balzo serpentino, indietreggiando, per non essere veduto dalla fanciulla.

Nania era una piccola fanciulla sottile e triste. Nel suo visino di quindici anni aleggiava sempre una serietà quasi tragica, e il pallore fosco della sua carnagione finissima veniva accresciuto dalla tinta cinerea dei suoi capelli biondi. Uno splendore di capelli crespi, foltissimi che dovevano pesarle sulla piccola testa liliale, di bambina cresciuta innanzi tempo. Infatti essa era da tre o quattr'anni, dopo la morte della mamma, la massaia della cantoniera.

Faceva tutto, aiutata a mala pena da Arrosa, e non perdeva un minuto di tempo. Solo da tre settimane pareva distratta, trascurava le sue faccende domestiche e si assentava lung'ora nell'andare al ruscello. Veniva invasa a momenti da scoppi di pazza allegria, ed a volte piangeva dirottamente, e zio Gavinu si accorgeva del suo cambiamento, ma non diceva nulla e non riusciva a indovinarne la causa.

Dallo stradale Jorgj Preda, fremente e cupo, fissava gli occhi scintillanti attraverso i vetri, intimamente vinto anche da un dolce sentimento di tenerezza e di passione nel rivedere la piccola e fragile giovinetta che lo aveva stregato, e per la quale avrebbe dato un'archibugiata magari al re.

Nania indossava un costume della parte di Ozieri, donde era nativo zio Gavinu Faldedda, ma conservava il fazzoletto disteso come le campidanesi. Il corsetto, di broccato molto consunto, veniva allacciato sul davanti da una molteplice incrociatura di stringa rossa, e così senza maniche talari della camicia, abbottonate ai polsi.

La sottana e il grembiale erano semplicissimi, d'indiana oscura, e Nania non aveva altro ornamento che una piccola collana di corallessa intorno al sottile collo gentile. Era scalza e a testa nuda e recava un boccale d'acqua nella camera dell'ingegnere.

Jorgj vide la sua innamorata sorridere al bel signore e questi avvolgerla tutta in uno sguardo ed in un sorriso di amore. Graziosa e svelta, Nania depose il boccale in un canto, e poi si fermò vicino all'ingegnere. Parlavano. Dal sito dove si trovava Jorgj non sentì nulla, e d'altronde era colto da vertigini spasmodiche di collera e di gelosia. Ah, non vi era dubbio, non v'era dubbio... Nania lo tradiva, a Nania piacevano i bei signori puliti e ricchi.

Tutto il sangue affluiva al volto di Jorgj e le tempie gli picchiavano a martello. Se avesse avuto un archibugio avrebbe sparato, traverso i vetri, uccidendo quel signore che veniva a rubargli la vita.

Ad un tratto impallidì e diede un secondo sbalzo, più serpentino e fremente del primo.

Ah, ciò che egli vedeva!... Credé di impazzire e mai dimenticò la sensazione provata in quell'istante.

L'ingegnere, dopo molti sorrisi e molte parole aveva preso la testolina di Nania tra le sue mani, tra le sue lunghe mani di un candore e di una delicatezza femminile, e l'aveva coperta di baci. Poi aveva abbracciato, tenendosela lungamente a seno, la fanciulla, che sorrideva e piangeva tutt'insieme. Jorgj gemé sullo stradale. L'ingegnere dovette sentir qualcosa perché lasciò bruscamente Nania e si avvicinò ai vetri. Jorgj ebbe il sangue freddo di ritirarsi presso il muro e non fu visto. Egli però vide il quadrato di luce sparire dallo stradale e si accorse che gli sportelli della finestra erano stati rinchiusi.

Allora fu preso da una rabbia immane e da una grande vigliaccheria, e fu per picchiare alla porta della cantoniera per dire a zio Gavinu:

- Guardate ciò che accade, guardate!... -. Ma non lo fece. Prese invece la decisione di massacrare l'ingegnere, e quasi calmato da quest'idea si allontanò, mentre strani singhiozzi aridi, strazianti, gli contorcevano la gola...

All'alba Jorgj Preda, appostato dietro una fratta, a un quarto d'ora di distanza dalla cantoniera, armato con l'archibugio di zio Concafrisca, attendeva il passaggio dell'ingegnere per tirargli un'archibugiata numero uno. Arrosa gli aveva detto, la sera prima, che i due signori avrebbero proseguito l'indomani verso l'altra cantoniera, dunque dovevano passare di là, e egli aspettava... con una feroce decisione nel volto orrendamente scomposto, e negli occhi più tetri e annuvolati del solito. Nell'alba fresca di aprile un magico incantamento di vaghe luminosità e di profumi allagava la campagna; l'orizzonte del bosco sfumava nell'oriente color d'oro; e nelle macchie lucenti di rugiada le agasselle cantavano gaiamente, ma Jorgj Preda badava a tutt'altro che alla idilliaca poesia mattutina.

Dalla sua fratta dominava un gran tratto di stradale e vedeva il ponte sotto il quale scorreva un nastro d'acqua smorta, assorbita da alti giunchi e dall'asfodelo che cominciava a fiorire.

E ripensava ai sogni fatti tante volte, seduto sull'orlo del ponte, alle canzoni cantate a voce altissima, per esser intese da Nania in lontananza, accompagnate dal susurro dei soveri e dal tintinnio delle greggie che ogni notte venivano ad abbeverarsi in quel sito, giacché l'altro ruscello Jorgj lo rispettava come cosa sacra, servendo l'acqua per la cantoniera.

A momenti lo spirito del giovine pastore veniva conquisto dalla tenerezza delle ricordanze, e allora pensava di allontanarsi, chiedendosi se tutto non era stato un cattivo sogno, ma la sensazione della realtà lo riprendeva tosto e non si muoveva.

Ma gli aspettati non passavano più, e ogni minuto gli pareva un secolo, giacché poteva passar gente e scoprirlo, e nella paura temeva anche di sbagliare il tiro.

Eccoli finalmente! Il sole stava per spuntare sull'estremità lucente del bosco, allorché Jorgj scorse i loro cavalli e sentì la voce aborrita del suo rivale. Traverso i cespugli intricati del suo nascondiglio, con gli occhi acuti di falco spalancati e avidi, fissò l'ingegnere, per esaminarlo meglio che non l'avesse fatto la notte prima, e un sorriso amaro gli contrasse le labbra sottili e belle, rese bianche e aggrinzate dalla disperazione di quella lunga notte infernale.

Ah, quel signore era bello e gentile. Cosa contava lui, Jorgj Preda, la Tiligherta, col suo volto nero ed i suoi stracci, cosa contava in paragone di quel signore bianco e biondo, così ben vestito ed elegante? Nania sottile e vezzosa come una signora, aveva ben ragione di preferirlo; ma allora perché, se le piacevano i signori, perché lo aveva stregato, dicendogli che gli volea bene e lo attenderebbe per marito?

Sul punto di assassinare un uomo Jorgj Preda sentiva una spasmodica volontà di piangere. I signori si avvicinano. Jorgj rivide Nania, la sua piccola Nania che adorava ancora come Nostra Signora del Miracolo, fra le braccia dell'ingegnere e alzò il vecchio archibugio di zio Concafrisca.

Passando sotto il suo tiro, l'ingegnere, che non pensava certo al terribile pericolo sovrastante, alzò la testa, si levò il cappello bianco da campagna e lo tenne un poco sull'arcione e un momento dopo sorrise, sempre ragionando col compagno, col viso rivolto verso la fratta ove stava Jorgj. Pareva lo scorgesse. Il sole spuntò e la sua prima luminosità di un giallo roseo inondò lo stradale e le persone dei due cavalieri.

Jorgj non sparò e lasciò passare sano e salvo il suo rivale.

Egli aveva veduto gli occhi e il sorriso dell'ingegnere e uno strano pensiero, balenandogli all'improvviso nella mente sconvolta, aveva fermato la sua mano.

Alle due, appoggiato alla sua lunga pertica - il suo scettro da pastore - ritto come il giorno prima sul ciglione pieno di erba e di margherite, spiava l'arrivo di Nania. La mattina recatosi a Nuoro con l'entrata, cioè col formaggio fresco, la ricotta ed il latte, Jorgj si era tutto cambiato di vesti ed ora nella bianchezza opaca della sua camicia, col volto fatto pallido dalle terribili emozioni sofferte, pareva quasi bianco. La sofferenza e l'insonnia gli avevano affilato i lineamenti, tanto che Nania, appena furono nell'ombra del ciglione gli disse:

- Perché sei così bello, oggi?...

La piccola fanciulla possedeva una voce dolce e triste resa più affascinante dalla schietta pronunzia logudorese del suo linguaggio.

Jorgj, cupo negli occhi, sulle prime non rispose e la fissò acutamente, quasi volendo penetrarle nell'anima.

- Sei più bella tu... - rispose con voce irata. E prendendole di mala maniera l'anfora la depose in terra dicendo: - Oggi dobbiamo parlare a lungo, Nanì...

Essa ebbe paura e lo guardò spaventata. Nel suo gran fazzoletto color d'oro, a fiorami, disteso come un manto sulle spalle, Jorgj la trovò tanto bella che si addolcì improvvisamente e restò estatico a guardarla. Pareva una di quelle figure sacre dipinte sullo sfondo di arazzi moreschi, che si ammirano in qualche tela italiana del secolo XV, e Jorgj, pensando alle brune bellezze delle ragazze che fino ad allora aveva conosciuto, si convinceva nel suo dubbio.

- Siedi - disse, costringendola a sedersi sopra una pietra - ché parliamo.

- Non mi fermo, non mi fermo... - disse lei, tremando. - Il babbo...

- Tuo padre è lontano e nessuno ci vedrà. E anche se ci vedono che male c'è?... Non possiamo esser amici, conoscenti?...

- Dio mio, Dio mio, non posso...

In realtà Nania sentiva un grandissimo piacere all'idea di starsene per un buon pezzo seduta presso Jorgj e benché provasse una grande paura non si muoveva.

- Cosa hai oggi? - gli chiese tremando. - Cosa hai? Sei forse stizzito perché ieri non son venuta? Sai c'era l'impresario, c'era l'ingegnere e ho dovuto lavorare tanto. Non c'è nessuno nella cantoniera.

Tacque, con gli occhi perduti in un pensiero triste e doloroso e Jorgj, vedendola impallidire ancora di più, senza dubbio al ricordo dell'ingegnere, fremette e si allontanò un poco.

Egli spiava sempre il volto della fanciulla e un gran buio si faceva nell'anima sua. Non c'era dubbio, no. Nania lo tradiva, e l'ingegnere era il suo amante.

- Cos'hai, cos'hai? - ripeté essa.

- Cosa ho? - gridò Jorgj, agitando le braccia come un pazzo. - Tu lo sai meglio di me cosa ho...

- Io non so nulla! Diventi matto?

- Sì, credo di impazzire. Nania, senti, tu sei piccola, ma sei più maligna di me. Tuttavia non continuerai a ridere di me, no, non continuerai. Tu mi hai preso per un ragazzo, ma non lo sono, no. Sono soltanto un povero disgraziato, ma tu non dovevi riderti di me, perché io sono buono a farti pagar caro questo gioco, Nanì, lo senti, Nanì?

Nania lo guardava stupita, e non trovò che rispondere alla sua sfuriata.

- Non rispondi? - gridò Jorgj.

- Parla piano... - disse la ragazza, balzando su, tendendo le orecchie. - Se mio padre ci sente...

- E cosa me ne importa? Tanto non ho più nulla da vedere con te...

- Ma cosa hai, cosa ti hanno raccontato? - domandò lei con disperazione.

- Nulla, non mi hanno raccontato nulla, ho veduto io, con questi occhi, ho veduto ieri notte.

Eh, perché avete lasciato la finestra aperta, bella mia? Ma questa mattina se l'ha veduta tra il naso e le labbra ad esser massacrato il tuo bel signore.

Non l'ho fatto perché mi è venuta una pazza idea. L'ho visto a sorridere e mi è sembrato che ti rassomigliasse, e ho pensato, guarda che matto, ho pensato: chissà che sia suo padre... Ora mi accorgo ch'era una pazzia. Che tuo padre! Tuo padre è zio Gavinu, il diavolo lo pigli e tu sei... tu sei... - conchiuse Jorgj ingoiando un terribile insulto - tu sei l'amante dell'ingegnere.

Tutti i colori dell'arcobaleno passavano sul viso dolente di Nania. Il cuore, il suo piccolo cuore appassionato, pareva volesse squarciare il broccato consunto del vecchio corsettino, e grosse lagrime le brillavano negli occhi. Non cercò di negare, e neppure di parlare. Con una immensa paura infantile, temendo che Jorgj le facesse del male, pensò di scappare e si mosse con un atto così repentino che il giovine stentò a raggiungerla, nello stradale.

- Nania - esclamò, sorridendo suo malgrado e afferrandola al braccio - non ti credevo sì cattiva... Perché fuggi? Temi che ti uccida, forse?... -. Anche essa non poté fare a meno di sorridere, il fazzoletto le era caduto di testa e il sole le inondava tutta la bionda testolina.

Jorgj mandò una esclamazione di gioia e di stupore scorgendo il suo volto sorridente e i suoi occhi azzurri - di un azzurro verdognolo - perfettamente simili a quelli dell'ingegnere.

- Nania, Nania, perdonami - le disse, sorridendo e singhiozzando. - Vieni, vieni, e facciamo la pace. Come è vero Dio, come è vera Nostra Signora del Miracolo, io non dirò a nessuno questo fatto. Non ne farò parola neppure a te, mai, mai, mai più. Vieni là a prender l'anfora, vieni, vieni...

La prese quasi fra le sue braccia e la ricondusse all'ombra. Nania sembrava morta, tanto restava pallida e immota, ma quando Jorgj disse:

- Chi lo credeva, chi lo poteva pensare... tua madre... -. Nania si eresse, col volto infuocato e con gli occhi lucenti d'ira e di pianto e gridò:

- Mia madre è morta! Rispettala perché era una santa. L'ingegnere mi ha baciato e mi ha abbracciato perché io sono la sua amante... Uccidimi pure, Jorgj Preda, uccidimi, ma non cercare mia madre...

E cadde a terra, schiattando in pianto. Con quelle parole essa perdeva tutto. Perdeva l'amore di Jorgj che essa adorava con tutto l'entusiasmo dei suoi quindici anni, del suo primo amore, perdeva i suoi sogni e le sue dolci speranze, perdeva l'onore e forse metteva in pericolo la sua vita e quella dell'ingegnere, ma che importava? La memoria di sua madre - la cui colpa era ignota a tutti e specialmente a Gavinu Faldedda, che ancora la piangeva, adorandone il ricordo - veniva salvata dal suo sacrifizio...

Ma Jorgj Preda aveva veduto.

Per qualche momento restò immobile e silenzioso a guardare la piccola fanciulla seduta sull'erba, che piangeva sempre. I suoi singulti infantili, disperati si perdevano nel gran silenzio meridiano, e per l'immensa campagna dormiente Jorgj non udiva altro rumore.

E fu per fuggire, sentendosi vile e indegno davanti alla piccola Nania, ma naturalmente non poté muovere un passo. Si ricordò invece tutte le belle promesse che si erano scambiate, si ricordò i sogni d'amore fatti specialmente la notte, mentre le greggie si abbeveravano sotto il ponte, laggiù, tra l'asfodelo e gli oleandri, pensò che fra tre anni sarebbe in grado di sposare Nania, e si chinò.

- Lasciami stare... - disse lei.

Ma Jorgj la sollevò come una piuma, se la prese tra le braccia e le coprì il volto di baci finché riuscì a rassicurarla e a farla sorridere.

MACCHIETTE

I

Albeggia. Sul cielo azzurro cinereo d'una dolcezza triste e profonda, curvato sull'immenso paesaggio silenzioso, passano sfiorando larghi meandri di un rosa pallidissimo, via via sfumanti nell'orizzonte ancora oscuro. Grandi vallate basse, ondeggianti, uniformi, s'inseguono sin dove arriva lo sguardo, chiazzate d'ombra, selvaggie e deserte. Non un casolare, un albero, una greggia, una via.

Solo viottoli dirupati, muricciuoli cadenti coperti di musco giallo, un rigagnolo dalle acque color di cenere stagnanti fra giunchi di un verde nero desolato, e bassi roveti, estese macchie di lentischio le cui foglie riflettono la luce cilestrina dell'alba. Dietro, sull'altezza bruna del nord biancheggiano grandi rupi di granito grigio e la cinta di un cimitero.

La croce nera disegnata sul cielo sempre più roseo, domina le vallate deserte: e pare l'emblema del triste paesaggio senza vita stendentesi silenzioso sotto la curva del cielo azzurro-cinereo. Albeggia.

II

Sotto il bagliore ardente della meriggiana la cantoniera bianca dal tetto rosso, tace, dorme: le finestre verdi guardano pensose sullo stradale bruciato dal sole, e giù dal cornicione di un turchino slavato calano frangie d'ombra d'una freschezza indescrivibile. Lo stradale bianchissimo, disabitato, dai mucchi di ghiaia sprizzanti scintille al sole, serpeggia per una vasta pianura coperta di boschi di soveri.

In lontananza, alte montagne a picco, velate di vapori azzurri e ardenti, chiudono in circolo l'orizzonte infuocato. Sotto l'aria ferma, irrespirabile, nello splendore piovente dal cielo di metallo, i soveri nani, lussureggianti, proiettano corte penombre verdastre sul suolo arido, sui massi, tappezzati di borraccine morbide come peluche. Una fanciulla è coricata appunto su uno di questi massi, supina, le braccia e le gambe semi-nude.

La sua persona esile e ben fatta spicca sul verde tenero di quel tappeto naturale, e i fiori rossi di broccato del suo corsetto un po' lacero sanguinano nella penombra del bosco. Nel caldo asfissiante del meriggio, nel costume consunto e misero, stuona meravigliosamente la carnagione della fanciulla, di una bianchezza fenomenale, tanto più che sotto il fazzoletto giallo si vedono dei capelli nerissimi, e sotto le palpebre stanche due occhi di un nero-cenerognolo foschi e impenetrabili. Chi è? Impossibile saperlo: ella non fa il minimo movimento nel languore spossato del caldo, e forse sogna, forse dorme, bianca e silente come la cantoniera vicina, sotto il bagliore ardente della meriggiana.

III

Il sole tramonta: dal villaggio in festa giunge un rumore confuso, vago e lontano, sino alla stanzetta tranquilla della casa del contadino.

La finestra è aperta sul poggiuolo di mattoni crudi su cui tremola alla brezza del tramonto una povera pianticella di basilico, che pare sorrida anch'essa, benché sola e dimenticata, fra la letizia dei casolari neri e del cielo d'oro. Oh, i luminosi orizzonti! La vallata verde circonda il villaggio, e la vegetazione in fiore olezza e risplende fra la nebbia ignea del sole al declino. Dal piccolo poggiuolo di mattoni crudi si domina una viuzza strettissima e altre casette piccine, annerite dal tempo, i tetti muschiosi, via salienti sino al vecchio maniero spagnuolo, la cui facciata di stile moresco rosseggia in viso all'ovest, gli spalti cadenti perduti fra gli splendori del cielo, come il ricordo della triste dominazione aragonese nella luce dei nuovi tempi. Nella casetta più vicina al poggiuolo la porticina nera è chiusa, ma al di fuori sta appesa una corona di fichi diseccantisi e sul davanzale della finestruola un gatto dalla schiena tutta abbruciacchiata contempla solennemente sulla via, dove passa solo una donnina in costume, dal viso color di rame, allacciandosi bene il corsetto di panno giallo e di velluto viola cesellato. Dentro la stanzetta del poggiuolo un giovine, anch'esso in costume, piglia il caffè. Ha posato la chicchera verde sulla cappa di una specie di vecchio camino, e ritto dando le spalle alla finestra, beve a centellini la prediletta bevanda.

È malato, ma sul suo viso biondo, pallidissimo, da convalescente, sta dipinta un'intima voluttà, il benessere di chi si riaffaccia pieno di speranza alla vita, dopo una lunga malattia. Il letto di legno, dalle coperte di percalle a fiorami arabeschi, basso e duro ma con una fisionomia tranquilla, tipica, diremo quasi sonnolenta, le sedie grigie, il rozzo guardaroba rosso, la cassa nera di legno scolpito a strani fiori e animali antidiluviani, la tavola coperta da un tappeto bianco, adorna di vassoi e chicchere, tutto sorride intorno al giovine contadino convalescente, nella pace beata della povertà felice, nella luminosità del tramonto di rosa. In alto, sulle pareti tinte di calce, una innumerevole fila di quadretti a vivi colori scintillano soavemente nel polviscolo d'oro, e i vecchi vetri della finestra ardono come lastre di orpello al riflesso del sole che tramonta.

IV

E cade la notte! Nella chiesa miracolosa, nel famoso santuario ove la folla immensa è passata senza lasciare traccia alcuna, la penombra si addensa, livida, fredda e piena di mistero.

In fondo, dai finestroni bizantini, piove un acuto albore azzurro sul pavimento di mattoni a mosaico il cui smalto ha vaghi riflessi d'acqua stagnante: in alto, sull'altare bianco, una lampada di cristallo vermiglio spande tremoli chiarori rossastri che scendono e salgono sui fiori pallidi, sui candelabri dorati, sulle colonnine doriche di diaspro della nicchia coperta da un panneggiamento cereo a marezzi azzurri, di damasco.

Superbe treccie nere, tutte nere, narratrici di romanzi e di drammi immani o pietosi, gioielli d'oro e d'argento, stupende membra di cera, mani di vergini cristiane di una suprema e morbida soavità, e colli bianchissimi ed eleganti da veneri greche, pendono sulle pareti gialle e polverose. Qui ancora troviamo una fanciulla, ma non è più la popolana sopita nel meriggio del bosco. È signora: vestita di bianco, inginocchiata sui gradini dell'altare, la fronte sulla balaustrata, le mani strette convulsivamente una con l'altra nel fervore della preghiera.

Le pieghe morbide del suo lungo vestito dalle alte maniche alla Margherita di Valois, cadono al suolo con abbandono artistico da statua, e biancheggiano soavi nella penombra rossastra della lampada notturna.

Il volto pallido della fanciulla, i grandi occhi castanei e profondi esprimono una disperazione straziante, cresciuta dalla tetra melanconia del crepuscolo morente. Oh, qual grazia chiedono mai quegli occhi al santo miracoloso nascosto dietro la cortina di damasco come un re orientale? Ecco, ella s'alza al fine, e uscita sulla spianata si ferma immobile davanti al parapetto che guarda nella valle.

Sul cielo tinto di croco e di smeraldo si elevano i monti neri e la luna spunta fra le loro creste frastagliate. La rena della grande spianata scintilla ai primi raggi della luna, e il villaggio si profila laggiù, fra le agavi grigie e i pioppi argentei della valle, mentre il santuario spicca sul cielo violaceo del nord, coi due grandi finestroni bizantini che paiono due strani occhi di bronzo smaltati al riflesso dell'oriente fatto splendido dall'alba della luna.

Dietro, le terre di mezzanotte, immense campagne opime, valli dirupate in cui rugghia il torrente, e montagne sulle cui cime domina la leggenda, si stendono vaghe e indistinte come un sogno, nella luce vaporosa dell'ultimo crepuscolo, e i forti borghi solitari riposano fra i lentischi cinerei della pianura o su i greppi neri delle rupi scoscese.

La fanciulla bianca guarda al nord, e grandi visioni misteriose, sogni arcani e profondi le attraversano gli occhi pensosi perduti nell'estrema lontananza; e il suo volto pallido, il suo vestito marmoreo paiono d'argento nella nivea luminosità della luna sempre più bianca e fulgida a misura che cade la notte.

V

Nell'alta notte plenilunare tre cavalieri passano al galoppo attraverso il sentiero delle montagne rocciose. La canna dei loro fucili brilla alla luna, e i cavalli nitriscono nel profondo silenzio del paesaggio sublime.

Lontano, le nuvole salgono dal mare di madreperla sottilmente pennellato nell'estremo orizzonte, salgono lente sul cielo d'orpello del plenilunio, azzurre e diafane sul fondo bianco dell'infinito.

Sulle cime delle alte montagne rocciose la neve disegna un profilo iridato, fantasmagorie marmoree e miniature d'oro degne dei versi d'Heine, ma le quercie annose fremono al vento di tramontana che susurra tetre leggende e storie di sangue fischiando fra le gole dirupate e le grotte di granito. Il sentiero asprissimo attraversa tortuoso le rupi immani e i macigni neri che assumono fantastiche forme di torri gotiche rovinate e di dolmen coperti d'edera e di rubi, reso più pericoloso e pittoresco dalla luce della notte. Sotto il bosco i raggi della luna piovono a fasci, come getti di diamanti, proiettando aurei arabeschi e damaschinature orientali sulle felci bionde ondulate dal vento: attraverso le quercie brune il cielo lunato ha un aspetto così incantato coi suoi gemmei splendori che richiama al pensiero i cieli impossibili delle novelle da fate; e i ciclamini, i verbaschi, l'usnea dei tronchi impregnano l'aria d'un acuto profumo da foresta tropicale. Oltre i tre cavalieri che attraversano il sentiero, neri, muti, avvolti nei loro cappotti bruni dal cappuccio a punta, come cavalieri erranti da epopea medioevale, un piccolo mandriano con la sua greggia popola ad un tratto la solitudine infinita delle montagne. Seduto sotto una rupe, insensibile al vento che fischia nel limpido plenilunio, guarda le pecore pascolanti nella notte chiara,

65

intento al loro tintinnio monotono e melanconico vibrante fra i burroni erbosi e le pietre muscose, fra le eriche selvaggie e i tronchi divelti dalla procella.

Il piccolo mandriano è brutto, il volto oscuro come l'albagio del suo ferraiuolo, ma nei suoi occhi cuprei dal bianco azzurrino e l'iride piena di un languore profondo, splende un raggio pensoso che è tutta una rivelazione: forse il piccolo pastore è già poeta e nell'interno della sua mente vergine e selvaggia come le montagne rocciose su cui scorrono i suoi giorni deserti, gusta più che qual siasi artista colto e fine la poesia ineffabile, piena di voluttà sovrumane e spirituali; del silenzio azzurro dell'alta notte plenilunare.

FINE